往去来复

甲乙 —— 著

河南文艺出版社
· 郑州 ·

U0565711

图书在版编目（CIP）数据

往去来复／甲乙著. -- 郑州:河南文艺出版社,
2024.10. -- ISBN 978-7-5559-1125-8

Ⅰ.I247.5

中国国家版本馆 CIP 数据核字第 2024E9Y349 号

选题策划　　梁素娟
责任编辑　　梁素娟
责任校对　　樊亚星
书籍设计　　张　萌
插　　画　　段志刚

出版发行　　河南文艺出版社
社　　址　　郑州市郑东新区祥盛街 27 号 C 座 5 楼
承印单位　　河南瑞之光印刷股份有限公司
经销单位　　新华书店
开　　本　　889 毫米×1194 毫米　1/32
印　　张　　7.5
字　　数　　130 000
版　　次　　2024 年 10 月第 1 版
印　　次　　2024 年 10 月第 1 次印刷
定　　价　　39.80 元

印厂地址　　河南省武陟县产业集聚区东区(詹店镇)泰安路
邮政编码　　454950　　电话　0371-63956290

人物介绍

冯德发

融资租赁公司董事长，本书主人公。初中毕业开办机械加工厂，后被互联网融资浪潮吸引，成立金融租赁公司。打着互联网金融的旗号诈骗 900 多亿元，拥有情人无数，色、名、利等欲望满足之后，渴望更大的野心——到 M 地区成立军队，参与该地区政权。

乌暖暖

主人公冯德发的情人。容貌极其美丽，冯结婚之后认识了她，然后将其发展成情人，带着她一起创办融资租赁公司。乌暖暖参与了冯德发所主导的各种诈骗活动，包括策划融资租赁互联网金融平台的广告宣传、活动策划等事务。乌暖暖出狱后嫁给出租车司机。

古丽琴

　　冯的原配妻子，两人在火车上认识，后来随着冯德发的公司越来越庞大，也因为乌暖暖的介入，古丽琴离开了，后跟随巴二强进入 M 地区，不知所终。

巴二强

　　冯的发小，是冯最信任的骨干之一，在融资租赁公司主要负责安防事务，也是 M 地区武装的实际操控者。与古丽琴有暧昧关系。

赵宜

　　融资租赁公司二号人物，其地位仅次于冯，是融资租赁公司互联网金融平台的实际主导人，并亲自上镜为该平台制作宣传广告片，也是冯的情人，冯曾经送给她几亿现金。

老鼠眼

融资租赁公司互联网金融平台在重要媒体做广告宣传的实际操作人，深受冯的赏识。

柳叶眉

融资租赁公司人力资源部负责人，冯的情人。

于存之

年轻有为，处级干部，因需还赌债而加入融资租赁公司，与赵宜有暧昧关系。

女医生

冯曾经救助的一个失明小孩，长大后成为医生，始终对恩人冯感念不忘。

公孙先生

冯的对手，曾经宣传过融资租赁公司的负面文章，冯安排黑客攻击过公孙先生的网站，是女医生的公公。

钱佳佳

冯的秘书、情人，曾以为飞黄腾达，但终究黄粱一梦，自己曾经拥有的美好家庭也被糟蹋。

夏静纯

融资租赁公司平台的实际运作人，冯的情人。

奔奔

古丽琴的儿子，或是冯的骨肉，或是巴二强的骨肉，一直在福利院生活，长大后为了寻找自己的母亲去了 M 地区，后又回到了福利院。

1.

冯德发醒来的时候，天色已近黄昏。他坐起来，才发现自己一直躺在马路边。马路是傍着山脚修建的，曲曲弯弯，像是一条僵化的、连皮都已经被晒白了的蛇。路左侧的山壁上，蜿蜒生长了一些一米多高的树。路那头悄无声息地开过来一辆车，看见冯德发时好像激灵了一下愣住了，车速缓了一下，就陡然打开车灯，一加速又走了。冯德发害怕还有车过来，就把身子再往路边挪了挪。一挪，才知道头疼得厉害。

又有一辆车过来。这辆车不同于上辆车，它一直开着灯。它像是趾高气扬的将军巡视士兵一样巡视着路面。在绕过山脚刚转过弯的时候，它就发现了冯德发。

冯德发也在尽力向它挥手。车吱嘎一声停下来，女司机将车窗摇下，问：你要去哪儿？

冯德发一听到这个问题，陡然一惊。我要去哪儿？冯德发尽力去想，脑子里却一片空白。

女司机看着冯德发茫然的表情，以为遇见了傻子，就一声不吭地躲避般将车开走了。夜色又陷入了沉默。

冯德发找一块石头坐下来，头的疼痛感轻了不少。他觉得自己需要好好捋一捋。但是，他很快发现，他所有的努力都是徒劳。他既想不起他是从哪里来的，也不知道自己叫什么名字，更不知道自己要去哪儿。他能知道的，只有眼前这条路、屁股底下的这块石头，或者山边那些影影绰绰的植物。我怎么了？冯德发觉得自己好像经历了什么。他顺着刚才躺着的地方，仔细找了找，在距离自己三米远的地方，发现了一个简易的帆布包。打开看，包里面有一沓信封，每个信封里都装有信。可惜天太暗了，信上的字一个都辨认不出来。帆布包的暗兜里，还有一些钱，十元的有三张，五元的有三张，一元的有五张。其他什么都没有了。

不知道自己要去哪儿，但总归要有个去处。肚子已经饿起来。

深秋的夜晚，已经开始从脚底生出凉意。秋风像是有魔力般总能贴住人的肌肤，让人感到它的冷酷。

冯德发打定主意的时候，路那边又过来一辆车。这辆车的车灯没有刚才那辆车亮，相反，它近乎暗淡，与刚才那辆相比，像是受气的小媳妇，一口气憋在那里，连灯光都是橘黄的，它或许只能照射眼前的一两尺远，但是，冯德发却在十米开外就发现了它，于是他不停地挥手，并伴随着喊声。

师傅，请停车。师傅，请停车。

喊着喊着，车到了近前，是一辆农用三轮车，开车的人问：你去哪儿？

不远，我就到前面的村庄。说着，冯德发就费力地爬上后面的车斗，蜷缩在里面。

司机不再问话，突突地开着往前走。不大一会儿，走到一处明亮处，停了下来，毫不掩饰地喊道：到了。冯德发从车斗里站起来，往外瞅了瞅，果然有户人家，窗户的灯还在亮着。往远看，零落着也有几处灯光，但这些灯光太丑陋了，既不光亮也不氤氲，更谈不上大气、敞亮。

冯德发不想下车，就含糊其词地说：还没到吧。

司机头也不扭地说：咋没到？我到了。

冯德发瞬间明白了，就从车斗里边往外爬边说：我也到了。

司机看着他下了车，就将车拐进一个巷子里，一眨眼就

3

消失了。

　　冯德发看着眼前的三五处灯光，就朝着最近的那户人家走去。也许是他的脚步声太大了，他还没靠近这户人家的门口，里面的灯就已经戛然而灭。里面的安静使他不忍心继续打扰。沿着巷子往里走，听到一个院子里有说话的声音，一个男的一个女的，男的声音高了一声之后，女的声音窸窸窣窣地应和着。

　　冯德发站在门口迟疑了一会儿，悄悄地走上前去，非常谨慎地在门上叩了几下。安静了一会儿，门随即开了。开门的人吃了一惊：怎么还是你？

　　走到院子里，冯德发看见那辆农用三轮车后才确认，开门的就是刚才开车的师傅。师傅直爽地自我介绍说他姓唐，问冯德发姓什么。

　　冯德发老实地回答说，自己不知道自己姓什么了。

　　唐师傅感到很奇怪：那你知道你是哪里人吗？你是怎么到这儿的？

　　我什么都不知道了。冯德发连一个问题都回答不出来。

　　唐师傅更加奇怪：那你怎么跟着我来我家的？

　　冯德发辩解说：我没有跟着你，我本想敲路口那家的门的，谁知道还没等着敲，人家都熄灯了。我往里走了走，没想到是你家。

唐师傅狐疑地看了看冯德发，想了一会儿，然后郑重地说：你知道自己是男的还是女的吗？

冯德发也觉得这个问题足够严肃，就思考了一下，说：我是站着撒尿的。唐师傅听了，宽容地笑了笑。

唐师傅让冯德发坐下来，自己起身朝着东边的厢房喊了一句：多弄一碗。不大一会儿，两碗热面条端了上来。

唐师傅给冯德发一双筷子，自己拿着筷子在碗里抄了抄，顿了一下，就把鸡蛋挑出来，夹着放到了冯德发面前的碗里。你啥都想不起来了，叫人咋弄？吃个鸡蛋补补，看看能不能帮你想起来点事。

冯德发将鸡蛋咬进嘴里的时候，陡然想起自己书包里的信封，就把那沓信封掏出来，给唐师傅看，说：我就剩这些东西了。

唐师傅不稀罕，呼噜呼噜把一碗面吃完，说：我不识字，你快吃，你看看上面是不是有你的名字。

冯德发吃完后，就一个一个拆开。信的开头都是同样的一句话：冯德发，见信如面。

唐师傅一听就明白了，对冯德发说：你的名字就是冯德发，他们都是写给你的，你都念念，看看和你都是啥关系。

冯德发把信逐封念完。唐师傅越听越沉重，眉头紧锁，说：你之前应该干了很贪婪的事情，他们都是在问你原因哩。要不这样吧，你把信封上他们的来信地址都念念，我看看哪个比较近，我把你送过去，兴许你能想起你的家。

冯德发又把地址念一遍。

唐师傅说，就这个乌暖暖离得最近，有个一百公里吧，我现在把你送到县城，你连夜搭车去。说完，不由分说地将信封一把塞进包里，拉着冯德发就出门。他让冯德发在门外等一会儿，自己吭哧吭哧地去发动那辆三轮车。

冯德发其实已经非常困乏，他想睡一会儿再走，但看到唐师傅火烧眉毛的样子，他就一声不吭地上了车。

到县城车站时，车站已经睡醒，呼啦啦一片都是等着坐车的人。冯德发很感激唐师傅，那个鸡蛋如果再加点盐就更好了。

唐师傅倒是很细心，将那些信封又重新拿过来，让冯德发辨认出哪个是乌暖暖的来信地址后，将这个单独抽出来，让冯德发放进口袋里。脑袋不好使，嘴要好使，找不着就多问，反正你也就一老头子，又咋着不了人家，都会帮你的。

冯德发挥着手将唐师傅送走。

进站买票，花了三十元，然后舒舒服服在车上睡起了觉。司机将他喊醒时，天已经放亮。乘客们都下完了，就剩下他和司机。

师傅，我去哪儿？他问司机。

司机觉得很奇怪，就说：这就是陈州啊，你不是来陈州吗？

我是来陈州，但陈州西小关街道在哪儿？冯德发问。

司机瞬间释然了：这就对了嘛，你说出来你去哪儿，我告诉你咋坐车不就得了，出站往左走，5路车，西小关下。

冯德发努力地将司机说的信息记住，夹着帆布包下车去。出站往左一走，果然有5路车，让他感到极大安慰。5路车一来，他就屁颠屁颠地跳上去，死死地听着公交车上的自动播报器。还好，自动播报器播报站名时用的是普通话，他能听懂。每出一站，就会提前播报下一站名。冯德发一听到西小关这三个字，就腾地起身，早早地站在车门口等着下车。车里的人都觉得奇怪，嘲笑似的看着他。

七月十号街很好找。每户人家墙壁上，或者每个社区的门口前，都贴有准确地址。七月十号街一号院、七月十号街二号院、七月十号街三号院……信封上的地址是七月十号街四号院。

四号院终于到了。

是一座独立的院落。红色的围墙高高耸起，中间是一道银灰色的铁皮门，门微微开启。

冯德发敲了敲门环，一名四十多岁的妇女走出来，问：

你找谁?

乌暖暖是住在这儿吗?冯德发问。

乌暖暖?这名妇女反问了一下之后,不假思索地说:没有这个人。说完,就要去关门。

冯德发慌忙拦住,说:我是按照这个地址来找的。他将信封递给她,她看到信封上收信地址有某某监狱字样,脸色倏然一变,看了看信封,更加坚定地说:没有这个人。说完,就将门咣当一声给关上了。

冯德发不禁有点失望。

他觉得这个信封再也不能轻易拿给人看。或者将信封撕开,将上面带有监狱字样的那一点撕掉。但他又有点舍不得,觉得贸然撕掉信封是不成熟的决定。他必须承认一个现实,那就是自己失忆了。

他对自己说,因为失忆,唐师傅才愿意深夜送自己哩。既然唐师傅愿意帮助,说不定其他人也愿意帮助。冯德发下了决心,又将信封上的地址看了一遍,牢记在心,就冲着路口那个早餐店去了。

焦鱼汤吃起来让人觉得残忍。小鱼们还没有长大,就被热油下锅,成为人们的口粮,想想都觉得惋惜。有些老年人压根就不来这家早餐店吃饭。当然,来喝焦鱼汤的,都是忠诚粉丝。所以,当冯德发向老板说他只要汤不要小焦鱼时,店里正在喝汤的几十个客人齐刷刷地看着他。

冯德发一回头，他们又齐刷刷地闷着头喝汤。他们一个个吃饱了肚子起身离开的时候，都会意味深长地多看冯德发两眼。冯德发只顾着自己的心事，也懒得察觉这些人的微妙变化，待他们走得差不多了，就向店老板打听四号院之前是不是有乌暖暖这个人。

店老板说不知道。他哪能说知道啊，来店里的都是客人，不管是匪徒还是暗娼，他挣的是五块钱的汤钱。话多必失，少说话少惹事，所以谁向他打听事都没啥结果。

但冯德发的话引起了店内一个老者的兴趣。

老者问冯德发：你和乌暖暖是啥关系？

冯德发连忙向这位老者靠近，说：我失忆了，我刚从国外回来，我不知道我的亲人都是谁，乌暖暖曾给我写封信，我想，乌暖暖应该是我的亲人。

老者一听，说：哎哟，你在国外很多年了吧？乌暖暖住这儿是三十多年前的事情了。

那乌暖暖现在住哪儿？冯德发问。有人在东龙湖边见过，你到那儿打听打听吧。老者说。

冯德发想和老者多聊会儿，老者的孙子跑过来要老者赶快回家去。冯德发只好作罢。

店老板告诉冯德发东龙湖的大致地址。冯德发赶到地方时才发现东龙湖其实是一个湖名。清晨过后的湖边，像是退潮一样，一群群晨练的男男女女开始收拾家伙准备回家。

冯德发找到一个面善的老太婆，问：您知道一个叫乌暖暖的人吗？

老太婆一听就怔住了，说：长得啥样？这个问题把冯德发问住了，他哪能记起来乌暖暖长啥样。这太让人有挫败感了。

他有点生气，就气呼呼地返回到七月十号街道口的那个早餐店。

老板，刚才那个老大爷住哪儿啊，我想问清楚乌暖暖长啥样。谨慎的店老板盯着冯德发的脸看了三分钟，像是再一次确认冯德发是不是好人，然后说，前面右拐第一家。冯德发顺着他指的方向过去，刚一右拐，就迎面遇到了他要找的那位老者。

第二次见面就熟络多了。

老者对冯德发说：乌暖暖漂亮得很。你见过东龙湖的柳树吧，腰就是那样，脸蛋呢，咋形容，不好形容，谁见谁爱吧。

冯德发说：总得有个显眼的标志吧，否则不好打听。

老者想了想，说：好多年没见了，人变没变不好说，说长相特征不如说其他的。老者顿了一下，说：你这样打听吧，以前住七月十号街经常开玛莎拉蒂回来的那位姑娘。

姑娘？冯德发这时才知道乌暖暖是个女的。

啥是玛莎拉蒂？冯德发问。

我也不懂，我听小子们说，一辆玛莎拉蒂好几百万，就是好车呗。听说，她之前跟的那个男人骗了好几百亿。

老者见冯德发有点恍惚，就肯定地说：按照我说的去打听，知道的人准知道，去吧。

冯德发再次告别老者。

再到东龙湖边时，那位面善的老太婆还在。

冯德发说：乌暖暖之前在七月十号街住，很有钱，经常开着好车回来，以前是小姑娘，现在应该不是小姑娘了，她之前跟的男人骗了好几百亿。

老太婆一听，就兴奋得两眼放光：我知道的，我知道她住哪儿，跟我来。说完，又压低声音说：你跟我保持十米的距离，不能让人看见是我带的你，快到她家时我用手给你指指，你自己去，别说是我带去的。

冯德发觉得只要能找到乌暖暖，其他怎么着都行，就满口答应。于是，两人一前一后往巷子里走。大约走了十分钟，老太婆故意咳嗽了两声，见四下无人，就用右手指了指她右边的那个窗户，然后快步走开了。

冯德发走上前去，发现右边窗户这户人家的门紧闭着。上去敲了两声，门吱呀一声开了，一个晶莹剔透的少妇看见冯德发时，紧张地问：你啥时候出来的？

冯德发也不由得紧张起来，问：你是乌暖暖吗？少妇没有直接回答，奇怪地说：已经将我忘记了？说完闪过身，让冯德发进了院子。院子里收拾得很干净，和少妇的气质很般配。除了几株月季和两把椅子，空荡荡的。

少妇端来一杯水，又问：你啥时候出来的？

冯德发尴尬地笑了笑，说：他说我失忆了，我也的确失忆了，我不知道你在说什么。

少妇问：他是谁？冯德发将昨晚遇见唐师傅的经过讲了一遍。

少妇听完，瞪大眼睛转着圈打量着冯德发，一分钟后又毫无征兆地笑了，说：失忆也好，那些事记不住比记住强。

冯德发好奇地问：你问我啥时候出来的，我是从哪儿啥时候出来的？乌暖暖看了看冯德发，说：告诉你实话呢，还是瞎话呢？

冯德发不解，问：有啥区别？

乌暖暖说：告诉你瞎话，可以说你是刚从国外回来、海归、华侨，美得很。

冯德发想到刚才在早餐店里对老者说自己刚从国外回

来，没想到自己给自己编了个瞎话，就哑然失笑，说：说实话，看看我能不能想起一些事。

乌暖暖还是不确定，看着冯德发的眼睛问：你确定？

冯德发说：确定。

乌暖暖说：你是刚从监狱出来的，你坐了三十年牢。

冯德发内心一惊后瞬间平静。自己已经失忆了，过去是什么都无所谓了。他此刻，只是觉得乌暖暖很美。那咱俩是什么关系呢？冯德发问。

乌暖暖不接话，问：你吃过早饭没？

冯德发回答说：吃过了。

乌暖暖说：那咱走吧，待这个家不适合，我去给你开个宾馆。说完，就起身离开，冯德发跟在她后面。

冯德发没有身份证，身份证应该是随着记忆一同丢失的，身上也仅剩下十几块钱，尽管宾馆很简陋，但那点钱还是不够，开一间房要四十五元呢。乌暖暖好像也没钱，全身上下摸个遍，终于找到一张五十元面额的，递给宾馆老板。宾馆老板似乎同乌暖暖认识，就在登记簿上记下了乌暖暖的名字，也没有要身份证。

进了房间后，乌暖暖才幽幽地对冯德发说：我差一点成为你的妻子，但现在咱俩啥都不是，连朋友都难称得上。朋友呢，至少两个人相互认识，而你我呢，我认识你，你却不认识我。说完，又叮嘱一句：这个城市有人可能认识你，没事多在房间待着，我会给你送吃的，方便的时候我会带你找找以前咱俩一起去过的地方，看看能不能让你回忆起来。

咱俩去过很多地方吗？冯德发问。

是的，有些地方可能有人一辈子都没有机会去。乌暖暖说完就走了。

房间很无聊。还好，有电视看。躺下来时冯德发就满脑子想监狱两个字，想着想着，就想起一个画面。画面中，他坐在一个铁凳子上，对面坐着一个面色苍老的老太太。他和老太太之间隔着钢筋排列的窗户。他什么都没说，只顾流泪。老太太也是在不停地流泪。过了一会儿，老太太不见了。冯德发猛然一醒，无法确定刚才的画面是梦还是真的记忆在恢复。他仔细地重复着刚才那个画面的每一个细节，像狗一样嗅着每一个角落，他猛然想起坐对面的那个老太太就是他的母亲。

我应该有妈妈。冯德发这样想着。乌暖暖是不是见过我的妈妈？冯德发跳下床去，顺着刚才的路找到乌暖暖的家。乌暖暖似乎正在和一个男人吵架。冯德发敲门后，那个男人用恶毒的眼睛开了门。乌暖暖看了冯德发一眼，什么也没说。

那个男人问：你有事吗？

冯德发说：我想问问她是不是见过我母亲。冯德发用手指了指乌暖暖。

乌暖暖说：见过。说完，她对那个男人说：看到了吧，失忆了，什么都不知道。

那个男人依然警戒地看着冯德发。

乌暖暖说：你先回去休息吧，回头我慢慢给你讲。

冯德发只好回宾馆去。

2.

　　乌暖暖坐在靠窗户的位置，冯德发的座位靠着走廊。高铁票贵，他们乘坐的是最古老的绿皮车。

　　你妈妈是个盲人，你家就你一个，你之前给我讲过，你爸爸去世早，你小时候和你妈妈相依为命。乌暖暖接着说，我去过你家三次。你妈妈人很好，很善良，信佛，家里有佛堂，每天都打坐诵经。我之前跟你回去时，都是风光的，这次回去会不会挨打，我可不敢保证。

　　冯德发不解，问：为什么会挨打？

　　乌暖暖说：都是因为钱呗。

　　冯德发追问，乌暖暖却什么都不说了。

　　那个画面在冯德发的脑海里反反复复出现，怪不得妈妈一直在低着头，即便是抬起头来，眼睛也是空洞洞的，原来妈妈是盲人。我母亲现在如何了？冯德发问。

问完，冯德发觉得冒失。他现在还没搞明白乌暖暖曾经和他的关系，这样问，可能不合适。乌暖暖倒不介意，坦荡地说：我不知道。你知道的，你三十年，我十五年，我出来后，世界都变了，我也没去看望她老人家。

冯德发觉得惊诧，脱口而出：你也坐过监狱？乌暖暖听了，淡然一笑，说：不止我，还有好几个，都是你的人，都一起坐牢了。

冯德发顿时觉得头疼得厉害，就倚着座位眯着眼。

乌暖暖是靠着记忆找的。她先是找冯德发家乡所在的县。那个县城给她留下的印象就是一个三岔路口。

那天，太阳白得很，将三岔路口照成三条长长的镜子。她要吃冰激凌，他安排手下下车去买，他们所开的玛莎拉蒂就停在往西南方向的路边。她记得三岔路口的东北角有几间理发屋，他还同她开玩笑说，她们都是修理下面的毛发的，都是卖肉的。她好奇地多看了几眼。一个烫着黄头发、穿着超短裙、身材还不错的小女子正端着水往外泼，她和她对视了眼神后，她就深深记住了这个场景。

三岔路口的东南角是一个小超市。那个矮壮的手下要去这家超市为她买冰激凌。那个手下走出来时，超市的老板跟

◀ 失忆。没了回忆，曾也 "拥有" 很多亿了出来，远远地望着他和她的车，露出羡慕的眼神。在她的车右后方十米处，当时拴着一头乌黑的老牛。牛眼睛和超市老板一样，目不转睛地看着她这个方向。她那时觉得那个太阳就是一台照相机，发着亮光将这些画面照下来，留存在她的脑海里。

但是，现在，这些场景都不在了。没有牛，也没有理发屋。倒是有一个超市，但这个超市足够大，也足够高，六层楼的样子，依然在东南角，但东北角为什么建个寺庙呢。她记得当时是从东北往西南走，现在，应该从东南往西北走，别管那么多了。

她让冯德发先上去，自己上去后，对三轮车师傅说：沿着这个方向一直走吧。师傅不干，说：得说个地儿，一直走，走到哪儿算是头，不好算价钱。

乌暖暖仔细搜索记忆。她记得冯德发家乡所在的乡镇靠着一条河，河里漂着船。她对师傅说：靠着河的那个乡叫什么来着？

师傅一听就明白了，说：十元，去不去？

冯德发说：去。

乌暖暖白了冯德发一眼，扭头对师傅说：八元。

师傅憨厚地笑了笑，说：走，反正也中午了，该回去吃饭了，坐好了，走。

车子是电三轮，马达声很响，突突地很有气势。半个小时后，他们就来到了河边。乌暖暖要确认是不是这个乡镇。她带着冯德发在河边走了一小会儿。是这个地方。她看到那个半腰深的河岸就想起了当初他们一起路过时他下车就着岸堤撒尿的样子。那时候的他，确实帅。她坐在车上看他，是连同着太阳一起看的。太阳在天上，他在河岸上，太阳照着他，他尿在河里，他和太阳一样伟岸。如果是夜晚，如果没有羞耻、害臊，如果旁若无人，如果他愿意，她愿意跪着为他撒尿服务。但是，现在，她和他走在岸堤上，她觉得岸很低，河很浅，太阳有点白痴。

还得确认冯德发是哪个村庄的。

冯德发的村庄给她留下的深刻印象就是在村的田地深处有一片杨树林。四面辽阔的麦田地突然有那么一大片杨树，夜晚望去，像是女人下半身上的那团漆黑。他领着她走向杨树林深处。她害怕有人来，他说不会。原因是什么，是因为这个村庄的人怕鬼。他所在的这个村庄，就十几户人家，人少力薄，个个都生性怯懦，既怕活人，也怕死人。

杨树林的顶头有棵百年老柳树，已经成精了，有一年，一个准备去当兵的小伙子斗胆去打一只停在这棵柳树上的鸟，没打着，就蹲在柳树下装火药，准备再放一枪，结果刚起身，枪就走火了，火药和钢珠将他自己的脑袋轰个麻花团。本来村民都觉得老柳树上有神，这下更觉得有神了，但是胆小的人认为那个冤鬼也在周边晃荡。所以他说，没人来。她顿时觉得又害怕又放心，就一溜烟地褪下裙子撅起屁股让他上马。她想叫，但又憋得紧。这么一憋，就印象深刻了。

她和冯德发在一家烩面馆吃饭的时候，就向老板打听那片杨树林是哪个村。果然是神在起作用，那片杨树林至今无人敢动，那个村就在烩面馆老板手指方向的十公里处。但是老板幽默了一句：还是政府能管住神，那个村已经被迁走了，树林也被淹没在水库里了。

南水北调工程，谁也挡不住啊。说完，他得意地看着乌暖暖，说：现在连毛都没有。

冯德发吸溜吸溜地将面条吃完，站起身就走。乌暖暖赶紧跟上来。

走了一会儿，就到了水库边。站在水库边上，再看刚才的那个烩面馆，它就开在水库边，吃饭的都是来水库玩耍的人。有钓鱼的，钓到的鱼拿到烩面馆里让老板加工，付些加工费，两瓶白酒下肚，就骑着摩托车突突地扬长而去。有看水面风景的，把裤腿挽到老高，生怕湿着水。有的小男青年不怀好意，老是恐吓小女青年水库里有水鬼。

冯德发一看水库，就想哭。显然，为水库让路的不只是他那一个村庄，应该是一个乡镇。水库很大，一片杨树林又算什么呢，顶多就是巴掌大的一撮草，连十几户人家的小村庄可能鱼张张嘴就给吃掉了。

冯德发跑回到烩面馆，绝望地问：这条街是不是原先镇上的街？烩面馆老板被他的神情吓了一跳，说：以前是，现在不是了，镇都没有了，哪还有街。

人呢？冯德发问。不知道，我也不是本地人，我是外地的。烩面馆老板说完，就转身去收顾客的钱。

冯德发不说话，又默默地朝水库走。刚出街道，迎面碰到一支看似送殡的队伍。唢呐哭哭啼啼，人也哭哭啼啼，人人都穿着孝服。令人奇怪的是，没有棺椁，就只有那么一群人随着唢呐声不停地哭哭啼啼。但走在前面的那个中年男人，抱着一个灵位，上面有"母亲大人"字样。冯德发一看到母亲两字，瞬间落泪。待队伍从身边经过时，他不由自主地加入队伍中去，先是默默地哭，随后号啕大哭。他的哭声与众不同，就引起了别人的注意，他们拉着他问：你哭谁哩？

冯德发老实地回答说：我哭我妈。那些人一听就放松下来了，说：我们也是哭妈哩。一起吧。走着走着，转过了四个路口后，他们的哭声戛然而止，回头对冯德发说：我们不哭了，哭了四个弯，礼数上已经够了，我妈妈生前是盲人，看不见，与人打交道全靠耳朵，最不喜欢听谁哭，所以我们也不能哭多了。

他们安慰冯德发，说：你要是没哭够，下次再约。经介绍才知道他们的妈妈在水库里淹死了，一直没找到尸体，每年忌日都会哭一次。冯德发不知道该怎么说话，就怔怔地站在那里。他们了解到冯德发的情况后，就给他出主意，让他到派出所去看看。

这条街道已经没有派出所了，之前有的，譬如镇政府、派出所、邮电局、卫生院，现在统统没有了。乌暖暖又带着冯德发回到县城的三岔路口，沿着三岔路口往东南方向走，走到一个断头路上，就看到了公安局。

公安局里的人办事很严格。冯德发说不出来他是哪个村的，他们就已经开始不耐烦了。

冯德发仅仅知道自己的名字，但是他们愣是没有查到。

你什么都没有，我们也只好什么都没有，警官很无奈地说，你再想想吧，想出来了，我们一定帮你找到家。

他们只好离开。乌暖暖看着冯德发，莫名其妙地说：也好，我们又可以从十五岁开始了。

3.

冯德发看见十五岁的乌暖暖腼腆地笑着走过来，就立即起身对一直趴在台面上看他画图纸的老铁说：好了。

乌暖暖走到老铁面前低低地说了一句话，老铁立即从冯德发脚边的工具箱里拿出扳手递给了乌暖暖。

冯德发目送乌暖暖离开，许久才回过神来对老铁说：下午五六点钟我去城里给你买个马达。说完，又意味深长地看了一眼老铁：你跟我一起去吧，我不想开车，车子有点小毛病，我准备骑摩托去，你好坐后面抱着马达。

老铁一听就紧张了，说：我还得出摊呢。他在三公里外的桥头上摆地摊卖蔬菜，一天不出摊媳妇就会给他脸色看。何况这次装马达还是自作主张呢。

冯德发笑着说：让嫂子跟我一起去？她可是二百斤重哦。老铁说：让乌暖暖去吧。

买马达是为了给老铁改造三轮车。从这里出发，到他摆地摊的桥头，三公里漫长的缓坡，每次都将老铁累得连爬女人的力气都没有了。他媳妇一直憋着气，看见别的男人就淌口水。老铁于是就想在人力三轮车上安装个马达，将人力改为电力。但是，还没有人这样做，没有先例，他自己搞不懂，只好请冯德发帮忙。冯德发那时正开着一家机械加工厂，这种活不在话下。他听了老铁的需求后，半个小时就给他搞定了改装方案。老铁将他的三轮车推过来，冯德发测量了各种数据，又有模有样地画了一张图纸，说：现在就缺马达了。

乌暖暖看着冯德发说：你肯定想不起来那一次了。

冯德发点头表示同意。下午四点，老铁吭哧吭哧地将几个菜筐子装进三轮车，像老牛一样往外走。他媳妇破天荒地在后面推着。一刻钟之前他曾对媳妇说，你再不给我推车，以后我也不给你老汉推车。荤段子一下子将媳妇的兴趣调动起来，想着夜晚被老铁老汉推车的爽快劲，就屁颠屁颠地在后面推着车。

冯德发看他们出门后，就冲着老铁的院子喊：走了，给你爹买马达去了。

乌暖暖跑出来，一溜烟钻进冯德发的小轿车里。

不是开摩托车去吗？乌暖暖问。

那是你爹的待遇，你的待遇就是小轿车。冯德发说。

乌暖暖听完后不知道怎么接话。她不想比爸爸优越。但是，优越又有什么不好呢，轿车就是比摩托舒服。

老铁收摊回来时已经是夜晚八九点。冯德发和乌暖暖也是刚刚回来。其实没有那么远，一脚油门就可以到，一脚油门也可以回来。冯德发听说乌暖暖爱好写作，就拉着她去了一趟书店。然后，又请她吃了肯德基，一下子磨叽了两个多小时。冯德发听到老铁进院的声音后就掂着马达走过来。老铁既高兴又吃惊，说：现在就弄？冯德发一言不发地将他的三轮车卸开，又跑回机械车间搬来各种工具，老铁媳妇还没有做好晚饭，三轮车就已经改装完毕。老铁激动地开着马达三轮车在门外的公路上跑了三个来回，然后从车上卸下来一大箱啤酒，说：喝。

老铁媳妇一看见马达三轮车，也觉得惊奇，就多做了两个菜。不久她就后悔了。两个男人一直喝，啥时候才能老汉推车呢？喝多了，还能老汉推车吗？乌暖暖一直在屋子里不出来。老铁就感到非常忧愁。娃都初中毕业了，是继续上学呢，还是出去打工？老铁想得到冯德发的指点。冯德发不动声色，悠悠地问：乌暖暖的意见呢？她不想上学了，但想学个技术，老铁说。冯德发心里略略欢悦，推心置腹地说：这是最好的了，我自己都没有上高中，初中毕业直接工作了。老铁很诧异，禁不住反问：那你怎么把厂子做起来的？冯德发说：不上高中不代表不学习，在厂子里学的比课本上多多了，他停顿了一下，突然高声反问，课本上有讲如何改造人力三轮车吗，有吗？

老铁一听就笑了，说：那这样吧，让乌暖暖跟着你当徒弟，你看中不中？

冯德发说：我想想。

乌暖暖在接受审判时，老铁一直铁青着脸，他大概后悔让乌暖暖跟着冯德发学技术了。

冯德发其实是有主意地，甚至是有计划地引导老铁主动提及他女儿的前途，然后寻找机会让乌暖暖成为他的徒弟。

乌暖暖开始正式在冯德发厂子里上班后，冯德发装模作样地教了她几天，然后就不停地带着她去见各种人。

冯德发在这个地域还是有一些社交的，他带着乌暖暖见了几个所谓的作家、画家、书法家，在一位诗人的指导下，乌暖暖居然还在地区报纸上发表了诗歌。当乌暖暖无意间将这个消息说出来时，老铁隐隐觉得哪儿不对，就跑到冯德发的厂子里看乌暖暖干活。这下，形势有点紧张。

乌暖暖开始有意地屏蔽一些信息，每次下班回到家就有意地说今天学到了什么什么，老铁很满意，有次马达出了点故障，乌暖暖居然自己就能修好了，老铁更加放心地让乌暖暖在冯德发那儿学。冯德发和乌暖暖也放心地经常在老铁出摊后到城里闲逛。逛着逛着，就情不自禁地喝酒，喝完酒再去 K 歌，趁老铁夫妇不在家的那天，他们居然没有回来。他们住在这个地区内最好的宾馆里，他们折腾了一夜。乌暖暖先是哭，后是爽。冯德发一直爽。从此，两人变了一种关系。都隐藏着，像是荷叶下的一对青蛙，偷偷地愉悦。

　　那年，乌暖暖十七岁，长得更加楚楚动人。

　　乌暖暖和冯德发重新回到陈州。

　　乌暖暖将冯德发带到七月十号街，站在一所小学门口，问冯德发：你能想起来吗？

　　冯德发摇头。

　　傍晚，学校早已放学，校门口冷冷清清，连牌子都没有。这个学校叫什么？冯德发问。乌暖暖没回答，默默地往七月十号街里面走。她其实是不想回答，一想起那个校名，她就觉得都是笑话。

　　三十年前，他带着她出席这个学校建设的奠基仪式，这个地区最高的行政长官亲自揭开书写着校名的牌匾。所谓的校名，就是她的名字后加上小学两字。十五年后，这个学校门口已经没有了这块牌匾，也没再挂其他牌匾。这个地区的人习惯将其称为七月十号街小学。想想也很贴切。用地名总是比用人名更稳固些。

那个简易宾馆已经住满了人。

乌暖暖就带着冯德发去找其他宾馆。她没有办法让他住她家。其实，那也不是她的家。是那个男人的家。有次，实在是没有钱了，但又必须赶到另外一个县城去，她就在最宽敞的路边随手拦了一辆出租车。上车后她告诉司机自己没有钱，能不能行行好免费送一次。这个司机就是那个男人。

她觉得他人很好。他却觉得自己的善良是一种病。之前有个贵州来的邻居，经常在他家吃饭，每次都同他喝上二两酒，两人像是亲兄弟，兄弟喝着喝着却把他媳妇给领跑了。从那以后，他不再轻易让人去他家。尤其是路上捡到貌若天仙的她之后。

他依然觉得善良是他最大的丑恶。和她睡了几夜之后，之前丢媳妇的创伤在他的心里复发，他害怕这个轻易到来的女人再次丢失，所以当她说她的表哥失忆了来投奔她时，他一天都坐立不安。他不停地跟踪着她。现在，天都快黑了，她却带着他一直找酒店，就忍不住停下车拦住她：是你表哥不?乌暖暖和冯德发都很惊诧，没想到会碰到他。乌暖暖反

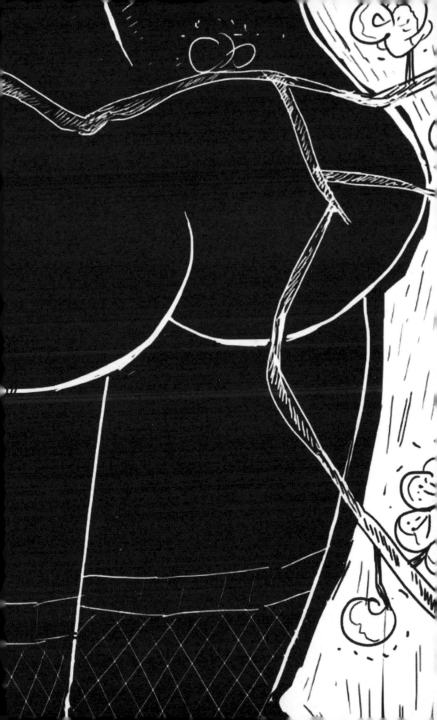

◀ 人们大概习惯记住私人化的东西，比如每个月到手的利息问：你信不？那个男人竟哑口了，一踩油门走了。

乌暖暖料到他不会相信，就继续带着冯德发往前走。这个地儿其实不适合冯德发久留，怕是会有人认出来。

冯德发在入狱前体重是二百四十斤，现在是一百二十斤，再加上时间已久，很多人尚未发现眼前的冯德发就是他们恨得咬牙切齿的冯德发。人们习惯记住私人化的东西——比如乳房、汽车，对公众化的东西都漠不关心，比如七月十号街是谁修建的，那个小学是谁捐献的，都让人懒得记得。但有些人因为冯德发而损失了钱，他们会将这件事死死地记在心里，只要他们不死，他们就不会忘记这件事。乌暖暖确信，这个地儿，这种人还有很多。乌暖暖不想惹麻烦，就让冯德发在巷子门口等一会儿，她去那个男人家取些东西来。那个男人一生气就爱喝酒，果然，家里没有人，乌暖暖自己的衣物连一个包都装不满，背着就出门了，她带着冯德发连夜去了陈州。那里，有太多记忆。

乌暖暖问他的包里装的什么，冯德发就将包剖开肚，一览无余地裸在她面前。

就这么一沓信，冯德发说，我就是靠着信封上你留的地址找到你的。他把信全部递给她。

她扒着扒着，突然就露出厌恶的表情，说：她们几个别让我看见。说完，摔过来几封信。有夏静纯的，有赵宜的，有钱佳佳的。

冯德发不知道她们是谁，也不知道她和她们是什么关系，想问，看了看乌暖暖那夸张的反感态度，就憋了回去。

乌暖暖对自己的信，兴趣也不大。自言自语：我在信中问了你三个问题，第一个问题已经不重要了。

冯德发接过信，看了看。她所说的第一个问题是问他这样做的终极目的是什么。他不知道自己之前干过什么，也好奇。看来她已经有自己的理解和答案。

第二个问题是她问他为什么拉她下水，他依然不知道该怎么回答。你给我讲讲吧，我之前都干了什么，冯德发近乎哀求地说。

乌暖暖叹了口气，说：我们慢慢找吧。我们先去弦歌台俱乐部吧。

弦歌台俱乐部是以地名命名的。孔子周游列国时曾困厄于陈国和蔡国之间，他的若干弟子饿得拉不出屎，但他老人家依然谈笑自如。后人用"弦歌不绝"这四个字来概括孔子当时的心境。为纪念孔子困厄之中依然能抚琴而歌的精神，人们特在陈州的南湖边修个台子，命名为弦歌台。

这是陈州最具人文色彩的景点。三十年前富人们个个想成为儒商，就将弦歌台承办下来，创建了弦歌台俱乐部。实行的是会员制，入会门槛是三千万，每年会费是一百万。每个人交的三千万组成了资金池，专人管理投资收益，收益的钱就不停地印刷孔孟之书，带黄金的、带钻石的、金镶玉的，谁加入给谁一本，成为身份的象征。

冯德发带着乌暖暖进来时，让乌暖暖去和俱乐部的负责人沟通一下，他想拿五千万。俱乐部负责人一听，不同意，向他们解释：咱们这不是比谁钱多钱少的，咱们这不是富人俱乐部，咱们这是君子俱乐部，学习儒家的都是君子，咱们是在儒家精神感召下聚集在一起的。从弦歌台精神层面上，俱乐部一直建议大家要保持穷人意识，就是说，你看似有点钱，但你未必有文化，没有文化，你就是穷人。

冯德发听得热血澎湃，就不停地向大家推荐乌暖暖。乌暖暖和每个人碰杯。这种鸡尾酒会，人都是转着走的，转着转着，乌暖暖就转了一大圈，几乎所有人都对她印象深刻。

冯德发很高兴，晚上回到房间后，他仔细为乌暖暖收集的名片分类。商业人士居多，但也有政府人士。其中就有于存之。

此刻的乌暖暖和冯德发，自然已经无法进入弦歌台俱乐部。他们的门卡早已被注销了，入门时的指纹系统和面部识别系统也已经被注销了。孔子困厄时那些逃跑的学生，会不会被孔子注销学籍？乌暖暖觉得会。

自古人性都是相通的。乌暖暖带着冯德发站在南湖的南面，与弦歌台俱乐部一湖之隔，红色的"弦歌台俱乐部"几个大字就在眼前。在弦歌台俱乐部右侧的马路上，车水马龙，流动的车流像是刷子一样似乎要刷掉弦歌台的孤傲。俱乐部红色建筑周围的绿草像是排列的士兵一样在维护着它。

乌暖暖想起冯德发带着她第一次进入俱乐部他那兴奋至狂的表情。在席间，他压抑着自己内心的激动，像所有的宾客一样淡然自如，但他告诉她，他曾经去洗手间手淫了，手淫后他稍稍疲倦，这才平静下来。除掉精子的味道，让他费了一番周折，挑选了七八种香水，才找到一款和精子味道有异曲同工之妙的。所以，当有人夸他的香水很特别时，他总是得意地笑。现在，他依然在笑，他说：这个俱乐部是干什么的？是跳广场舞的吗？

乌暖暖看了看冯德发，说：比广场舞还垃圾一点。

俱乐部不缺女人，尤其是不缺穿得少的女人，但缺乌暖暖这一种，衣着得体、典雅、大方。冯德发第五次来到俱乐部时，没有带乌暖暖来。他以为不需要，但他走进宴会现场后才发现，很多人的想法和他不一样。

宴会分两个餐厅，一个服务男士，一个服务女士。服务男士的，里面倒酒的、陪酒的、侍者，显然不会是男的，都是一丝不挂的女性。男宾客进来也需要遵守游戏规则，必须把自己脱得一丝不挂。

冯德发在接到邀请时，俱乐部负责人用了一个非常文雅的词来命名本次聚会：坦荡荡聚会。《论语》上说，文质彬彬然后君子。俱乐部负责人解释为：穿的衣服和内在气质一致，品格与行为一致，就是儒雅的君子。但是君子必须穿衣服吗？也得有不穿衣服的时候，比如和媳妇上床睡觉的时候，比如来参加坦荡荡俱乐部的时候，君子坦荡荡呗。

冯德发听得很兴奋，立即就来了。脱衣服时还有点扭捏，走进大厅里就坦然多了，人走来走去，一个布条都没有，往常挂着的布窗帘也换成了铝的。待他走进男性宴会厅的时候，大家更无所拘束，坐下、走路的姿态都很放松，生殖器也放松地耷拉着，一旦有兴奋的征兆，那个令你兴奋的女侍者立即就会将自己的铭牌递给你，让你随时随地呼唤她。

冯德发喝个半醉的时候，旁边那个又肥又白的张总问：你带的谁来？冯德发一惊，幼稚地反问：这还能带媳妇来？

张总狡黠地笑着说：我给我一个情人发了福利。

这时，冯德发才知道，另外那个宴会厅，那个专门服务女性的宴会厅，规则和规格，同这个宴会厅一样，都是无所节制地爽。他第一时间想到应该带乌暖暖来，让她在无拘无束中、在众多赤身裸体的男性中福利一次，但是他瞬间觉得自己不带她来是对的，她是自己的，不能与人分享，或许应该带赵宜来。

乌暖暖到现在都不知道有这么一个情节。她看他始终想不起来这个地儿，对俱乐部也毫无印象，就失落地带他离开。他们刚一转身，一辆出租车吱的一声停在身边。

乌暖暖的脸色倏然一变，说：你怎么来了？司机从车里钻出来，恶狠狠地说：我就奇怪了，为什么只要一有人到我家，我就会丢媳妇。

冯德发听得莫名其妙，上前解释说：我失忆了，她是带我来找记忆的。

那个男人看着冯德发无辜的表情，又看了看对面的弦歌台俱乐部，又扭过头看了看冯德发，突然惊叫起来：你就是冯德发。

冯德发更加莫名其妙，问：你认识我？

那个男人骄傲地笑起来，说：我当然认识你了，陈州城得有一大半人认识你。

冯德发问：因为什么事？

那个男人说：因为你是个骗子。

他说完，就转过头对乌暖暖说：他失忆是真的吗？乌暖暖点了点头。

那个男人说：恶有恶报呵，你跟我回去，你要是不回去的话，我就把冯德发的事情给陈州的人讲。

这种人就这一点令人厌恶，时不时就上来威胁，乌暖暖是那种随便就能威胁住的人吗？她说：你要是敢说，我就把你套假出租车牌照的事情举报了。

那个男人一听就软了，怯懦地跺着脚。

乌暖暖说：拉着我去二环，过了这两天我就回去，回去还给你做好吃的。那个男人一摆手，三个人一起上了车。

乌暖暖要去的是二环边的传媒中心。

在弦歌台俱乐部，她认识了电视台的一个总监。冯德发在给她收集的名片进行分类的时候，看到这个总监的名片异常兴奋。她不明白，但瞬间就理解了——他是想借用这个电视台来给他的事业打响知名度。

她和这个总监相约，约在了这个传媒中心旁边的咖啡屋。总监带着当时最为知名的女主持人而来，女主持人的美貌外表、端庄举止、淡然的谈话风格，像是对乌暖暖的挑衅。

乌暖暖和冯德发是来谈合作的，没必要在女人身上花费精力，但这个女主持人还是给冯德发留下了深刻印象。夜晚，他们云雨之时，冯德发居然忘情地喊出了女主持人的名字，这下让尚在云雾之中的乌暖暖瞬间掉下来，栽在泥坑里，恶心得想呕吐。这个事情留下的后遗症一直到现在都没有消除。

乌暖暖指着咖啡屋问冯德发：来过这儿吗？冯德发摇头。当时他们是坐在最里面的 VIP 包厢里。那个时候他们觉得价格贵点是应该的，价格买来了私密、地位、尊重感。现在，他们觉得价格就是一条巨大的鸿沟。

乌暖暖和服务员沟通了半天，服务员就是不同意他们到里面的包间看一眼。他们只好站在外面，趁着有客人进去开门的一刹那，从瞬间打开又关闭的门缝里看见那幅挂在正对着门口位置的蒙娜丽莎裸体画。

看到没？乌暖暖问。

看到什么？冯德发反问。

那张裸体画。乌暖暖小声地说。

看到了。冯德发回答说。

其实，冯德发一眼就看见了，但他有些不好意思。

乌暖暖问：想起了什么吗？

冯德发回答：没有。

乌暖暖内心复杂。那张蒙娜丽莎裸体画有着特殊功能：坐它对面的人，稍微有性冲动，她的脸色就会有红晕；坐对面的人倘若更激动，她的下半身三角地带就会有湿润感；如果戴上耳机，会有娇喘的声音。乌暖暖不知道冯德发是从哪儿搞来的，别人刚给他送过来，他就想给那个总监送过去。他知道那个总监喜欢那个女主持人，但女主持人誓做贞烈妇女，愣是不上钩。那天，总监随口说一句：弄个模具意淫也行。冯德发就帮他弄了这个。本来弄的是女主持人头像的裸体画，东西送到总监手上时，总监却厌了，死活不要。

后来，就把头像换成蒙娜丽莎的，总监借花献佛，送给了这个咖啡屋的老板。

当时这个包间是冯德发常年包下的，这个画挂在这个包间里，近乎私人展品。

因为这个，冯德发和总监谈成了很多事，包括打着擦边球上电视台打广告，包括上新闻频道的人物专访，包括数次危机公关。

乌暖暖曾经想让冯德发将女主持人头像换成自己的头像，放在她和冯德发专属的房间里。

冯德发没同意她这么做，当时她非常生气。这件事给她留下如此深刻的印象，而对此时的冯德发却如同没有发生，真是令人内心感觉复杂。

乌暖暖领着冯德发往外走。在传媒中心的大厅里，有一块公开的屏幕，正在放映那个女主持人所做的专题报道。

乌暖暖让冯德发认真地看，冯德发看了后说：这个专题做得不错，信息量大。他对女主持人只字不提，乌暖暖不好再说什么。

那个出租车司机死活不愿意自己回去，跟屁虫似的跟着他们俩。就在他们俩在传媒中心滞留的时候，他出去溜了一圈又回来了。手里多了一本书。

乌暖暖看到这本书后，用了五秒钟来克服自己内心的忐忑，然后又认真地阅读起来，像是在阅读自己的青春。

这正是她三十年前出版的诗集。书名叫《那支挑逗湖水的芦苇》。

她问出租车司机：你是从哪里搞来的？

出租车司机得意地笑着，没有回答。

三十年前，他带着她出席"乌暖暖小学"奠基仪式时，她带了一千本新鲜出版的诗集，发给在这个小学就读的孩子们。她猜想，这本诗集就是那个时期遗留下来的。

冯德发当然想不起来这些事。

基于和总监的关系，乌暖暖认识了很多名人，有作家，有书法家，有画家，有她最想见的诗人。在总监和那些著名作家的鼓励下，她出版了这本诗集。这件事带给她的愉悦胜过所有，以至于她在步入监狱的时候才想起写信问冯德发：你的事情既然有那么大的风险，为什么还拉我下水？

其实，冯德发曾经跟她解释过：你是一个非常难得的社交人才，我们需要结交方方面面的人，没有你是不行的，尤其是结交那些有文化雅兴的人，更需要你出马。这个定位，乌暖暖牢记了很多年。

冯德发对乌暖暖还是保护的。冯德发的其他亲信都去过M地区，唯独乌暖暖没有去过。去M地区，没有正常通行渠道，都是靠偷渡，官方也是睁只眼闭只眼。守关的人缺钱了，就把眼睛睁开，交钱才能往来。交了钱，他们的眼睛就闭上了，往来都看不见。冯德发派人去M地区，最早是偷渡，坐着木筏子过河，上岸后再各种躲避。后来就好办了，都是带着金条的，再坐木筏子，金条掉进河里怎么办？M地区的人负责买通双方的守关人员，派来直升机直接将冯德发接过去。

即便如此，冯德发依然没让乌暖暖去过。

因为乌暖暖太美，M地区的高官都色着呢，有位高官曾说，除了生我的和我生的，其他都是我的女人。

冯德发担心自己还没站稳脚跟时，乌暖暖一去就是他的女人。当然，赵宜和夏静纯是例外。冯德发想等自己真正成为那里的主人，再让乌暖暖过去当皇后。冯德发的这种设想，乌暖暖一直不知道。

去过M地区的人回来就会将M地区描绘得非常虚幻，常常还伴随有自豪感。乌暖暖一直想去，但冯德发就是不开这个口。乌暖暖一直搞不明白原因。

现在，冯德发已经不知道这件事，这个疑问已经和他无关。

乌暖暖心里一直挂着。她问：你还记得偷渡这件事吗？

冯德发摇头。

那我也没招了，你死心吧。乌暖暖说。

那个男人一心想让乌暖暖跟着他回陈州，急得都把裤子顶穿了。乌暖暖有点想回去了，但冯德发怎么办？冯德发也不知道该怎么办。

冯德发不想拖累她，问：我有媳妇吗？

乌暖暖回答说：没有。随即又改口说：法律意义上的，我记得你没有，实质意义上的，你有好几个。

她将冯德发的帆布包夺过来，从那沓信封里抽出一封，是夏静纯写给他的，说：你和她就有夫妻实质。

说完，又抽出一封，指着赵宜的名字说：你和她也有。然后，又抽出几封，说：这些人，你也可能有，但她们没有被我抓住。

乌暖暖其实不知道，冯德发和夏静纯不仅有夫妻实质，在 M 地区，还有夫妻名分，他们在 M 地区一直是以夫妻名义出现的。

冯德发突然说：我应该有妻子。他抽出巴二强给他写的信，其中提到一个女人的名字，从字里行间，似乎是说这个女人和他是夫妻关系。

　　乌暖暖说：我确实不知道，要不你去找找巴二强吧，他离得不是太远，一百多公里吧。如果能找到媳妇就更好。

　　冯德发点头同意。乌暖暖不想再见到巴二强，就让那个司机一个人送他去，自己独自一人回陈州。

　　三人散开，空气都飘荡得七零八落，吹下树叶，一地鸡毛。

4.

　　巴二强也住在七月十号街。只不过这条街道不是陈州的那条，是邻省一个县城的。那个出租车司机一路上都有怨言，不是埋怨路途远，就是埋怨出省了。

　　冯德发懒得搭理他。当他从出租车上下来，再次确认巴二强的来信地址时，才陡然发现他的街道和乌暖暖的街道是同样的名字。

　　为什么这样？他问巴二强。

　　巴二强确认他的确失忆之后，就道出了原因：这些街道名称都是你起的。说完，又反驳了自己：不对，是你找算卦的起的。算卦的跟你说，七是阳数，代表天；十是阴数，代表地，并且，七是少阳，如早晨的太阳，会冉冉上升，十代表着圆满，大地丰收。

这两个街道和我有什么关系呢？冯德发问。

巴二强将冯德发领到街道口，街道口有一所小学，这所小学和在陈州七月十号街看到的那所一模一样，也没有校名。冯德发愈加奇怪。

巴二强解释说：当时你为了奖励大家，让每个人挑出一个城市，你为每个城市捐助两千万来改造一条街，并配套建设一所小学。

冯德发似乎听明白了，问：我之前是不是特别有钱？

巴二强说：你没有钱，你只不过将别人的钱都装进你的口袋里了。

巴二强想告诉他，这个学校原来叫"巴二强小学"，他出事后，学校铭牌被拆除。

如果冯德发没有失忆，他应该知道巴二强之前是一个特别瘦的青年，也特别帅。喜欢穿黑色的皮衣，走路时喜欢将头发一甩一甩的。但是现在的巴二强已经发福了，昔日的长头发换作了平头。也没有穿皮衣，只是穿着一件普通的白衬衫。衣服一尘不染，连个褶子都没有，浑身上下很齐整。这种对比，也只有冯德发不知道。

巴二强很好奇冯德发既然失忆了是怎么找到他的。冯德发就将帆布包里的信全部拿出来给他看。巴二强对其他人的

◁ 你没有钱，你不过是将别人的钱都装进自己的口袋，暂时的信似乎很有兴趣，仔细地看了一遍，然后，递给冯德发，又不屑地说：每个人的生活呵。

冯德发问：古丽琴是不是我妻子？

巴二强看了看冯德发，用惋惜的眼神说：是，曾经是。很快，又自言自语：她要是在，我们可能不一样，但是，谁能晓得呢，她要是在，你可能就不是你了。话说得莫名其妙，冯德发听得一头雾水。

她现在在哪儿？冯德发问。

我也不知道，巴二强轻蔑地说，别说你现在失忆了，就是三十年前你风光的时候，你自己知道她在哪儿吗？言语里有责怪的意思。

巴二强想喝酒，就问冯德发喝酒不喝。

冯德发不置可否，巴二强马上就琢磨起在哪儿吃的问题来。既然你失忆了，那我们去吃狗肉，看你能不能想起来一点事。他说完，就不由分说地领着冯德发朝另外一个巷子走。狗肉，在冯德发现有的记忆里，他没有吃过。对于失忆的他来说，任何一种食物可能都会让他觉得是这辈子第一次吃到的食物。鸡蛋也是，小青菜也是。

巴二强将一块狗肉夹给冯德发，说：之前我们是不屑于吃这种狗肉的。

冯德发曾经很长时间不吃狗肉。他亲手杀过狗，听到过狗临死之前的凄厉叫声，目睹过狗的垂死挣扎，尤其是狗在他举着剑将要刺下去时看着他的那种绝望眼神。这让他有过一丝怜悯。但是他必须将剑刺下去，将狗杀死。那是在公司勇士会上，三个足球场那么大的空阔场地，排列着六十名员工和三十名勇士。他习惯将那些负责安防的员工称为勇士。在队伍的对面，有十个铁笼，铁笼里有十条狗。那些狗都是从高原地区运过来的，比平原地区的家狗凶狠，尤其是闻到血腥味之后，牙齿都会膨胀成利刃。他制定的游戏规则是：杀死一条，奖励十万。在拴狗的笼子北面，悬挂的是十万元现金。狗死了，钱就是你的。勇士们还是比较怯，没人报名。

作为勇士队的负责人，巴二强觉得很没面子，就自告奋勇第一个上前。那边放出一条狗，巴二强持剑冲上去。狗似乎没见过这种阵势，迟疑了一下，巴二强瞬间将狗的头颅砍下。全场紧张得只剩下呼吸声。

主持人将十万块钱递到巴二强的手中，这时全场的人才放松下来，欢呼雀跃。大家一下子受到了气氛的感染，都纷纷报名，半个小时的工夫，十条狗全部被杀死，一百万奖金花落各家。冯德发也很受鼓舞，讲话比平时顺畅了许多。讲到激动时，也拿起剑，要去杀狗。但狗已经没有了。

巴二强又赶忙从旁边的村庄里买了一条家狗过来，冯德发一剑刺下去，那狗一命呜呼，全场又欢呼雀跃。但是，那个夜晚，冯德发却被那只家狗临死前的眼神缠住了。为此，他甚至想责怪巴二强。家狗与人亲近得多，受人的恩惠多，被人杀死，自然怨恨多。那些从高原过来的狗，眼神应该没有如此幽怨。当晚他们吃狗肉时，果然觉得家狗的肉不好吃，怕是有怨气在里面。自此，巴二强和那些勇士，就爱上来自高原的狗肉了。

巴二强那时每月的狗肉钱都需要几十万。不像现在，只需要几十块。几十块的狗肉，就一小盘，很快就被他俩吃光了。吃完了好久，巴二强还在念叨狗肉真香。

巴二强问：你见过乌暖暖吗？

冯德发回答说：见过。

巴二强说：她也知道古丽琴啊，她为什么不给你讲？

冯德发不知道原因。他不知道的事情太多，也就无法揣测乌暖暖的心境。

巴二强话锋一转，又说：她就是这种性格，不会说的。

为什么？冯德发问。

因为她也是当事人，巴二强说，就是她的存在，古丽琴才走的。

这句话不是巴二强的原话，是古丽琴亲口对他说的。

古丽琴说时，巴二强正在解裤腰带，一听这话，就如同瘪下去的皮球，将解开的腰带系上，说：走。

巴二强拉着她钻进山林里。外面还有枪声。

古丽琴略微紧张，紧紧地拽着巴二强的手。过了一会儿，枪声没有了，什么声音都没有了，外面一片平静的时候，他们才放松下来。巴二强却开始高亢，身子直杠杠地站着，将裤子上的拉链一拉，命令古丽琴：来给老子解放一下。

古丽琴像是听到了召唤，立即在巴二强的面前跪了下来。巴二强想起这些情节后，内心愧疚地看了一眼冯德发。

冯德发问：她们有关系吗？

巴二强说：有，她们都是你的女人，古丽琴是你的妻子，乌暖暖是你的情人，古丽琴发现你和乌暖暖的事情后，就不辞而别了。

事情的过程就这样。那我和古丽琴在一起多长时间？冯德发继续问。

差不多两年吧。巴二强说。

古丽琴来时巴二强就在场。那天，巴二强正在冯德发的机械工厂车间里光着膀子干活，噼噼啪啪地忙了一上午，累得腰弯。临近中午的时候，冯德发美滋滋地出差回来，身后还多了古丽琴。古丽琴谈不上漂亮，更谈不上丑，是那种大众化的长相，就像是菜市场的小白菜。小白菜可是个好东

西，虽不及人参珍贵，但最能养人。

古丽琴的形象特别符合巴二强的审美标准，眼睛大，皮肤白，身材丰硕，两只大乳房上下蹿动着，像是骄傲的白天鹅。

冯德发的妈妈看不见这些，就专门用手摸摸古丽琴的屁股，一摸，就高兴得合不上嘴。屁股宽阔，屁股蛋绷得真像个蛋蛋，这样的最能生儿子。冯德发的妈妈说得古丽琴站在那里不知所措。

冯德发倒没有想那么多，他就是单纯地想把她带回来几天。火车在夜晚风驰电掣的时候，冯德发觉得眼前的这个女孩特别有亲近感，像是从未谋面的妹妹，两人就聊了一会儿。谁也不是谁的亲人。但是有共同点，冯德发从未见过父亲，古丽琴从未见过母亲。这个共同点让他们顿时觉得彼此就是兄妹，冯德发同别人换了座位，坐在古丽琴的左侧靠走廊的位置，古丽琴刚好可以斜枕着冯德发的肩膀。

古丽琴住在这儿不走，冯德发也乐意她这样。每到雨天，尤其是微微细雨的时候，冯德发就喜欢带着她往野外跑。有时候太阳比较大，古丽琴从冯德发的家里来厂里的路上，都会打着一柄太阳伞。

古丽琴的举动让村里人觉得很有意思，就经常对冯德发的妈妈说这个女孩不赖，赶快让冯德发把事情办了。冯德发暗地里其实已经把事办罢了，但明面上还缺一场喜酒。

古丽琴的娘家在二百公里外的邻省，冯德发想去看看，但总是被古丽琴劝住。

古丽琴给她的父亲打电话，说：我在这边嫁人了。

电话那头一听就急眼了，说：嫁给谁了？嫁给谁了？

古丽琴将冯德发的名字报给他，然后又说了冯德发的地址，说：你来吧，你一来，我就成为人家的人了。电话啪地挂断。

三天后，一个掂着酒瓶子的男人骂骂咧咧地走进巴二强所在的加工车间，冯德发赶快迎上来，支使巴二强赶快到街上切二斤牛肉，他拉着这个男人的手说：啥事都好说，先喝酒。说完，从背后拎出两瓶茅台。

那个男人一见就眼睛发亮，不等牛肉买来，独自先干了半斤。牛肉买来后，两瓶酒很快就没有了。古丽琴将已经沉醉的父亲接回住处，冯德发为自己应对老丈人的高明策略而骄傲，缠着古丽琴连连高兴了三次。

巴二强跑前跑后张罗着喜宴。冯德发不想大张旗鼓，但是妈妈又要求他必须以请客的方式喜告四邻，所以他就和几个熟络的村人说了，其他没说的，爱来不来。起初，就来了三五人，古丽琴的父亲酒醒了，看到这个局面有一丝不悦，冯德发给他解释，用的是茅台酒，都来了哪能够喝的。古丽琴的父亲一想，也是。冯德发让巴二强抱着茅台在村里走一圈。不大一会儿，来喝喜酒的人就多了很多，随的喜钱也都大方，以前哪有随一百的，都是五十元，今天，都是一百的大票子，没有一张是五十的。乌泱乌泱的七八桌客人，冯德发安排巴二强把酒换成剑南春。大伙虽有点不悦，但这个酒也是好几百，都为了面子而咽下了。

古丽琴的父亲喝得高兴，不停地叮嘱冯德发：你少喝，你等会儿还要入洞房呢，洞房花烛夜，多好，多好。言语恳切，发自内心。

冯德发不知道该怎么感谢，就顺水推舟，说：我现在就入。说完，搂着古丽琴回家去。冯德发也确实高兴，回家后就立即生龙活虎地折腾一番。

妈妈听到了声音，还以为家里钻进了猫，就不停地喊着冯德发的名字，让冯德发去赶走猫。冯德发憋着笑，差点憋成内伤。

巴二强说：你这么多女人中，这是你唯一摆过喜酒的。说完，就傻呵呵地笑起来，说：之后你的女人，你摆过很多次花酒。花酒这个词，冯德发听不懂，就想问。

巴二强一摆手，打断了他的话。花酒能和喜酒比吗？巴二强一字一顿地说，花酒都是为了玩，喜酒是严肃的，喜酒是需要老丈人在场的，花酒，小姨子都不需要在场。那次喜酒，是冯德发第一次见老丈人，也是最后一次。喜酒后不久，古丽琴打不通她爸的电话了，然后辗转打到邻居那里，邻居上来就说不好了，你爸爸在医院呢。

古丽琴问怎么搞的。那个邻居形容说：喝酒后又开着摩托上街，不知道怎么搞的，突然人就飞了起来，飞得像蚂蚱一样，一下子就摔在路面上，人昏过去了。

古丽琴问：死了没？

邻居回答：医院刚刚说，死了。

冯德发想和古丽琴一起赶过去，古丽琴不让，说：火化一下，我再给他买个墓地，就齐活了。说得轻巧得如同埋葬一条狗。古丽琴赶回去三天，就返回来了。谁也不再提这件事。古丽琴似乎要踏踏实实地在冯德发家过日子。但是乌暖暖的到来，让事情戛然而止。

古丽琴刚离开的一个月，给巴二强打过四次电话，每次巴二强都去。

古丽琴在陈州租了一个单间。巴二强第一次是踏着灯光进去的。单间里除了一张床，其他什么都没有。有古丽琴就够了。巴二强自己都觉得自己胆大，要是让冯德发知道谁睡了他的女人，他还不活剥了谁。当然，日后的勇士会上，巴二强已经证实了自己也是个狠角色。巴二强不明白古丽琴为什么那么多水，一碰，就把床单全泡了。女人是水做的，看来略有道理。每次都很尽兴。在巴二强想念第五次的时候，却再也等不来电话。打过去，已经是空号。这让巴二强很惆怅。

因为有乌暖暖，冯德发连一个电话都不打给古丽琴，还常说：只要跟着我，我就给你一切；只要离开我，我就忘记你的一切。

冯德发可能是因为太忙，他必须忘记那些离开他的人，腾出空间，多想些其他事。果然，很快就有新的动向。趁着国家大兴基础建设的形势，冯德发敏锐察觉到机械设施的需求迎来一个旺盛期。他就让人负责组建融资租赁业务。

融资租赁，其实就是一个过家家游戏。三方关系，设备厂家卖设备给融资租赁公司，融资租赁公司将设备租赁给需求方，需求方按月付租金给融资租赁公司，皆大欢喜。厂家有销量了，需求方有设备使用了，融资租赁公司也获得溢价收入了。

融资租赁公司开业一年，他就高兴地将那个老气横秋的机械工厂给关了，把办公室搬到这个地区最豪华的地段，并且亲自书写公司的名称，挂在办公大楼前。他成了当地的风云人物，但是他时刻保持冷静，不让自己翘尾巴。

某次开会，他神色严峻地环视着大家，说：我们有点小成绩，但这太微不足道，我们有大梦想，我们不仅要到发达国家看看，我们也要到复杂的地方看看。

巴二强不解，就问冯德发：啥是复杂的地方？这当然不是在会上问的，开完会后，两人去地摊上吃烤羊蛋，趁着酒劲，巴二强斗胆这样问。

冯德发神秘地说：政治复杂、军事复杂、经济复杂，这样的地区就是复杂地区。说完，一仰头，就将一个偌大的羊蛋吞下。

有目标吗？巴二强问。

当然有了，M 地区。冯德发说。

这是巴二强第一次听说 M 地区。

有关系不？巴二强又问。

冯德发深沉地看了巴二强一眼，说：当然有，但需要有人去接头。说完，又意味深长地自言自语：去接头的人不好找啊，谁要敢去我就给他一百万。

巴二强一听这个数字就眼睛发亮，说：我去吧。

冯德发说：也好，你去我放心。

巴二强回到住处后在手机上一查，才发现 M 地区到处都是危险。那里人人都有枪。文明国家的分歧都是靠法律解决的，那里，估计应该都是靠子弹速度解决。他们那里应该多发展剪子石头布这种小孩游戏，何必动枪呢？巴二强有点后悔，但冯德发不给他回旋余地。

巴二强第二天刚走进公司，财务总监就把他叫过去，说：董事长说了，先给你预支三十万，你先拿走。巴二强看着码得整整齐齐的三十万现金，瞬间就不后悔了，装进包里就走。

财务总监也很羡慕，非要拉着他抽支烟，在楼道步行梯的拐角处，财务总监神秘地问：是不是让你去给他的情人买房子啊？

巴二强笑了，说：是，我可能马上就得走，选房子还得费好几天呢。烟一掐，就走了。

巴二强觉得这一趟可能会死，但他想活着回来。在夜晚谈死，天花板就是棺材盖。他想到自己的父母，但是这个时候想起父母是不合适的，白发人送黑发人，哪有开心的。他毫无征兆地想起了古丽琴。水太多了，被淹过的人都不会轻易忘记。他按照之前的号码拨过去，依然是空号。

但是，就在他挂下电话的那一瞬间，有个陌生的电话打进来，一接，就听到里面的人说：我这里又发水了。古丽琴的语气轻浮了很多，但一下子就将气氛活跃得如同烂泥。两人聊了很多，巴二强忍不住将他要去 M 地区的事情说了出来。

古丽琴却非常感兴趣。你带着我去，古丽琴说，你要是

63

不带着我的话，我将咱俩的事情都告诉冯德发，他给你的钱，你都得吐出来。

巴二强犹豫了一下，心想，天高地远，有个人结伴也不算是坏事，就约好了计划。

去 M 地区必须偷渡。

白天囚在树林里，晚上等着接活的竹筏子过来。昨晚太兴奋了，巴二强现在觉得腿软。古丽琴则像是喝饱了的水牛，浑身都透着精神劲。深夜时，才有竹筏声哗哗地传过来，巴二强赶紧去联络。都好商量，价格一说就成交了，两人跳上筏子，筏子来个陀螺式转身，就朝着 M 地区方向过去。撑竹筏的人是一位年过六十的老者。虽然夜色中无法看清老者面容上的皱纹，但老者眼神却是透亮的，巴二强以为这个地区的人眼中都是露着凶光，但这个老者却目光柔软。压低声音聊天，才知道老人是生意心态。

打打杀杀是年轻人的事，老者说，我们就是靠这挣口饭吃。他不解地看了古丽琴一眼，对巴二强说：看你这身材不像是躲反贪的呵。

巴二强的身材确实不臃肿，相反，精干得很。

老者突然明白了，说：你们是来抓贪官的。说完哈哈大笑。河对岸听到声音，用手电筒晃了几下，老者就把竹筏子停靠到偏南的那个树林边。

巴二强说：我们也不是来反贪的，就是来看看。他问老者：杨旅长，你认识吗？

老者深深地看了巴二强一眼，说：不认识。说完，就催促他们下去。待他们跳上岸的时候，老者扔过来一把刀，说：空拳赤手地找杨司令，别没命了，拿着防身吧。

老者的话让巴二强内心一紧。刀其实没啥用。登岸后第三天，就被盯上了。走在路边，就有子弹从耳边飞过。明显不是冲着人打的，只是在恐吓人。

古丽琴被吓得浑身发软。巴二强也害怕，但是害怕有什么用呢。第四天，被人用麻袋套住头押到一个不知名的地方。抽掉麻袋，周围都是荷枪实弹的士兵，古丽琴却不见了。不容巴二强说话，上来就是一阵鞭打。

待巴二强皮开肉绽时，一直坐着的那个军官问：你是谁？你从哪里来？你要干什么？

巴二强一听就哑然笑了，这不是妖精问唐僧的套路吗？我从东土大唐而来，我是来投资的。巴二强一说话，士兵们就哄堂大笑，看来都对《西游记》很熟悉。

那个军官也笑了，他让人给巴二强松绑，说：我就是杨旅长。

和我一起来的那个女人呢？巴二强问。

我们对女人不感兴趣，我们让她走了。杨旅长回答说。

让她去哪儿了？巴二强追问。

不知道，可以回你的国家，可以留下来当妓女，很多种出路。杨旅长奸笑着说。

巴二强颓废地放弃了。她没有跟我联系过吗？冯德发问。

是你没有联系过她。巴二强说。

杨旅长相信巴二强的确是为投资而来，就将他介绍给了上层的朱副司令。在朱副司令的关照下，巴二强花了好几天在 M 地区寻找古丽琴，却一直没有找到。

朱副司令的随从告诉巴二强：前两天在河边发现一个裸体女人，长相像你说的古丽琴，你知道的，这边死个人不算啥，为了避免污染河水，就地烧了。

巴二强觉得对不起古丽琴，就费了一番周折买齐鞭炮、黄表纸、蜡烛、大肉，在河边祭拜了一下。他想了想，把一张黄表纸裹成男人模样，也烧掉了。从此阴阳两隔，相忘于江湖。

巴二强幽幽地对冯德发说：你说，谁该记住谁？

冯德发当然想记住所有人，说：谁都该记住，可惜，我谁都没记住。

巴二强问：你和古丽琴有孩子吗？

冯德发尴尬地说：我哪能知道。我们俩有孩子吗？他反问。

应该有吧。巴二强说。

巴二强带着古丽琴去 M 地区时，觉得她的乳房下垂了很多，屁股也松弛了，像是生过孩子，他想问但没问。算算日期，孩子是冯德发的，或者巴二强的，都是合理的。

巴二强刚拿到三十万，不想被人分钱。古丽琴知道他有钱，却没有提及孩子的事情。这件事，一直到现在，巴二强比冯德发还觉得疑惑。他没头没脑地说：看来我也得去找一趟。说完，就拉着冯德发往外走。

冯德发问巴二强：我给你回信了吗？

巴二强说：没有。

他反问：你给她们回了吗？

冯德发说：我不知道，乌暖暖说我也没给她回，看来，我可能都没回。

为什么不回呢？巴二强问。

我不知道，或许，我觉得惭愧。冯德发说。

这几日的寻找，他隐隐约约地确信自己之前可能就是一个大骗子，这些人可能都是自己的部下，跟着自己遭了殃。他们可能都比自己的刑期短，都有疑问，就纷纷写信问个明白。

冯德发说：要是能找到古丽琴就好了，她或许能知道我母亲的信息。

巴二强带着冯德发来到派出所。

派出所的一个办事人员和巴二强很熟，就熟练地打开电脑，问：哪个村？

羊脖子村，巴二强回答。

那个办事员在电脑上检索了半天，说：没有这个村庄的信息呀。说完，就和其他办事员聊了会儿，又说：地名已经被民政部门除名了，重新安置后，人员信息只统计到乡镇。

又问：还能记得村里其他人的信息不？巴二强摇头。

他在冯德发的工厂干活时，村里的人都是狗蛋、粪堆之类的名字，谁知道他们大名叫什么。冯德发小时候因为没爹，没少受到白眼，和村里人鲜有来往。

巴二强告诉冯德发：你那村叫羊脖子村，现在你们村的人都外迁了。

那个办事员又打了个电话，回头对巴二强说：他们那一带应该都迁到陈州附近了，你带他过去转转。

巴二强将冯德发带到郊外的一座废弃的砖窑前。

冯德发不解，问：来这儿干什么？

巴二强不回答，默默地领着冯德发在砖窑外转了一圈，又斗胆到里面转了一圈。

巴二强说：你当初就是这样带着我选择水牢位置的。

水牢，对于冯德发而言，是一个陌生的名词。但是他觉得自己作为有军权的人，总是需要一些设施来配套，以便将来管理不听话的子民。巴二强给他弄来一本酷刑史，他就仿照着命人锻造了凌迟刀、夺命剪子、挖心钩，建设水牢让他觉得有挑战性，他就带着巴二强在 M 地区不停地寻找合适的位置，最终在他的官邸往东三公里处发现了一处废弃的砖窑。他觉得那儿比较合适，就同司令谈这块地的价钱，当然，他不能说他是来建设水牢的，他说他要在这儿建设一个商务中心，将来要辐射三十公里，将这一片发展成成熟的商务区。司令一看他是背着黄金来的，就立即同意。他立马安排巴二强组织人员一边研究如何建设商务中心，一边研究如何在商务中心地下建设水牢。

冯德发当然记不起这些东西，以为巴二强有歹意，紧张地看着他。

巴二强问：能想起来吗？冯德发摇头。

巴二强说：要是在这儿杀个人就好了，兴许你能想起来。

杀人，不是小事，但也难度不大。冯德发将孔猛哄骗到 M 地区之后，就立即将他吊了起来，先是鞭笞，然后用马尿灌，冯德发接到举报，说负责公司对外宣传的孔猛，和媒体公司狼狈为奸，做高了很多合同，举报人说孔猛至少拿走了一两个亿。

冯德发最讨厌这种吃里爬外的家伙。他让孔猛把贪占的钱吐出来，孔猛不肯。巴二强只好将孔猛扔进水牢里。将孔猛押来的那天，冯德发亲自主持，就像那日杀狗一样，亲自将孔猛推下去，眼神里尽是厌恶。巴二强以为当时的冯德发是动了杀心的，现在看来，当时他也是表演，表演给他们这些人看，好让他们近距离感触他对孔猛这种人的厌恶有多深。

冯德发什么都想不起来，巴二强就订了去陈州的车票。

冯德发问：你觉得我当时为什么要去 M 地区？我最终要什么？

他又看了一遍巴二强写给他的信，相比他人，他觉得巴二强可能知道他的信息较多些。

巴二强说：我想不通。

冯德发在干机械加工厂时就已经买了轿车，干融资租赁公司的时候，已经是当地的土豪代表。普通人家终年难以喝上一次茅台，他那时就经常用茅台洗脚了。他有脚气，用了各种偏方，都不见效果，既然酒精能消毒，那干脆用白酒洗脚。十元一瓶的，没感觉，用茅台一试，果然不同，脚不痒了，浑身是劲。

巴二强觉得他如果按照这个节奏走，可能到今天依然可以用茅台酒洗脚。别说牢狱之灾，恐怕别人连骂他一句都不敢。但是，一进入 M 地区，就全变了，事情朝着他想不通的方向发展了，利用所谓的新金融概念，干着骗人、走私军火的勾当。他不知道冯德发想要什么，他现在也不知道。巴二强到省搬迁人口安置办才查到羊脖子村的安置处，在陈州西面三十公里处，他们赶到村口时，巴二强非要冯德发站在村门口"羊脖子村安置点"牌子下拍张照片，说冯德发回家了，得留个纪念。

一进村，冯德发和巴二强一个人都不认识，村里人也不认识他们俩，还以为是坏人呢，手臂上戴着治安臂章的几个老大妈围上来，非要问他们是干什么的。

冯德发说，我是来找妈的。

大妈们一听，心就软了，问：你叫什么？

冯德发说：我叫冯德发。

大妈们一听就集体摇头，又问：你姓什么？

冯德发说：我妈是个盲人，我现在失忆了。

有个大妈突然高声起来：是哩，是哩，这是张瞎子的儿子。

她们瞬间明白了，就齐整地声讨：你咋没死啊，你骗了那么多人，该死啊。

冯德发无语，只好不停地说：我什么都不记得了，什么都不记得了。

大妈们看他的确像个啥事都想不起来的人，声音就缓和了很多：也算是报应吧，你妈恐怕现在也合不上眼吧。

巴二强就趁机问：他妈妈还活着吗？

有个大妈大声说：吃她的鱼，估计都有重孙子了。

大伙就一起笑。笑完了，像是讲笑话一样讲述了冯德发的母亲失足掉进水库淹死的经过。也真是奇怪，头天还在水面上看见尸体，第二天就不见了，估计水库里有大鱼，要不咋吃那么快。冯德发听得心痛。

那位大妈说：你可得赎罪，不赎罪，你妈在阴间也不会安生。

冯德发点头。

巴二强给大妈们又发了一排子烟，问：他之前那个媳妇古丽琴，你们知道是哪个地方的吗？

有个大妈接过烟后，瞅了瞅烟屁股，没见过，估计烟不赖，就认真地思考了一会儿，说：应该是滠河那边的，她那老头子的口音像是那边的。说完，又自己不敢确定。其他人都说她是瞎胡说。

冯德发没有心情听进去任何话，脑海里一直是尸体漂浮在水面上的画面。他想起几日前在水库遇到的那个哭丧的队伍。他觉得他当时应该单独再哭四个弯。他单独哭时，母亲好辨认他的声音。那个队伍的人太多了，哭声也嘈杂得无法忍受。

从安置村到陈州汽车站，没有直达车，需要中转三趟公交车。巴二强出来好几年了，已经习惯公交车的晃晃悠悠，冯德发还不习惯。冯德发很奇怪，他不知道自己为什么会在公交车上呕吐。

巴二强告诉他：你之前都没坐过公交车。冯德发买了轿车之后就不坐公交车了。后来每次出来都是一个车队。至少是三辆车。他坐中间车。前面的那辆车坐三个保卫人员，车的后备厢里放着成捆的现金，中间那辆车上，陪他一起出来的，不是她就是她们，反正总是至少有一个女人，后面的那辆车也坐三个保卫人员，车的后备厢会装着好酒、好烟、翡翠、稀奇古怪的玉石。他的车里装的都是他的随身物品，不包括衣裤。出差两天以上的，会有秘书在当地采购并洗涤熨烫整齐后放到他的卧室。他喜欢让新来的秘书干这个活。小秘书还带着少女的单纯，拿着叠好的衣裤送进去后，他不让走，他要试穿一下，小秘书要在旁边看看是否合适。试穿外衣时，小秘书觉得无所谓，试穿内裤时，有的秘书就脸色开始不自然，这个时候，冯德发总是喜欢拿出一块玉，对秘书说，这块玉准备送给你呢。有的人立即就笑，说：赶快试内裤吧，有的就逃出来，逃出来的秘书，第二天一般都会被解雇。他的随身物品其实主要是香蕉。黄澄澄的，不能带任何斑点。车启动时，他会吃一根。停车了，吃一根再下车。他总是以为自己的口腔一直有香蕉的清香。他车座旁放的还有超薄到近乎无的避孕套，但他从来不用。

巴二强将他带回到他居住的县城。

又路过了这个城市的七月十号街。

下午五点左右，他带他去银行门口看押钞车。

他不知道他的用意。

巴二强说：这些穿着保安制服的人，你曾经有一大批，他们拿的也只是上不了台面的防暴枪，我们那时都是 AK。你那时还有一把黄金做的小手枪呢。那个小手枪是 M 地区的司令送给他的，真枪，能打死人。M 地区的主要经济来源是毒品。他们自己人不吸，都卖给外面了。自己人若吸毒，被发现就立即枪毙。一个村长就有权力枪毙人。冯德发的安防队伍在这里老是被叫作雇佣军。拿人钱财替人保卫，都知道保卫的是啥。东西要是不值钱，谁请雇佣军啊。冯德发对孔猛之所以恼恨，就是怕雇佣军也染上这个坏毛病，内部贪污还算是小事，如果见钱眼开，抢了客户的货，那岂不是坏了国际影响。他给他们足够的钱、女人，只需要他们忠诚，按照他的节奏走，别坏了整盘棋。

巴二强问他有感觉吗，他摇头。

他带他去看电影，影片讲述贩卖毒品的故事。

冯德发看得津津有味，故事情节扣人心弦。电影院就他们俩，他可以将脚跷起老高，身体放松地躺在座位上。影片中的女主角很漂亮，混血儿，胸小屁股圆。他不喜欢胸大的。平的当然也不行。一只手能握住，最好。巴二强不是想让他来看这些的，他希望他能在影片故事的影响下想起点什么。但看他洋洋自得的表情，巴二强知道自己白瞎了两张电影票。他要是想起了什么，表情应该很沉重。尽管那时他很有钱、有枪，也有妖娆的女人，但他经常是沉重的。一无所有的人往往最轻松，就像现在的冯德发。

冯德发看完后，享受的表情立即没有了，他或许又想起他的母亲漂在水面上的场景。

我该怎么办？冯德发问。

你说奇怪不奇怪，以前你啥都有，现在你啥都没有，太阳真是和月亮对着呢，巴二强说，你还找吗？

冯德发叹了一口气，说：找。

巴二强问：找啥？

冯德发说：我得找找我以前是个什么样的人，你们都说我是骗子，我想找找我以前有没有做过好事，要不叫我咋对妈妈说话啊。

巴二强一听就乐了，说：你还真做过不少好事，你修了那么多七月十号街，捐助了那么多小学，都是好事啊。你还资助了不少学生呢，M 地区你也资助了不少呢。

冯德发不知道这些事，那些信中都没提及过，也没有学生的来信。

巴二强说：其他的学生我不知道，我就知道陈州有个盲人学生是你资助的，我代表你去送过钱，我能找到她家。

说完，又问冯德发：我们为什么要去找她呢，这么多年了，她也应该三十多岁了。

冯德发一句话都不说。找谁，似乎都没有必要。找谁，似乎都很必要。

等机会吧。冯德发这样想。

巴二强突然说：要不我们去灈河看看吧。

巴二强其实特别想去，古丽琴要是活着，也早已人老色衰了，但是，她到底是死是活，让巴二强觉得很好奇。说不定还有孩子呢。

冯德发一听，也愿意去。

两人决定明早就出发。

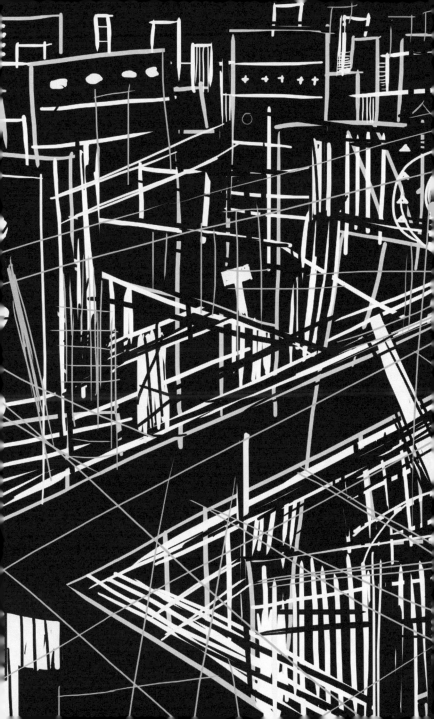

◀ 七月十号街，那曾经是"辉煌"的代名词

5.

冯德发一个人睡在宾馆。

洗漱完毕，等着巴二强来。

巴二强迟迟不来。

他来了，身后却带个女人。女人也老了，腰部都别上了呼啦圈。胸下垂得要逃跑似的。风韵还是有的，头发烫成卷。脸上显然是化过妆的，涂了一层白灰，粘了睫毛，画了眉毛。一见冯德发，就非常热烈，上来一个熊抱，久久不愿松开，眼泪都淌到冯德发的肩膀上了。

冯德发被她激动得不知所措，求助似的看着巴二强。

巴二强说：这是你的总经理赵宜。

冯德发不解。待她松开后，长出一口气。

赵宜说：你都瘦了这么多。语气里充斥着关怀。

冯德发当然不知道自己之前有多胖。赵宜在进入会议室的时候，冯德发的身材刚好卡进自己的老板座位上。赵宜被人力资源部负责人小李带过来，就坐在他的对面。条形细长的会议桌连着他俩。一头在冯德发那儿，一头在赵宜那儿。赵宜一下子就脸红了。陪同来的还有猎头公司的人。小李将赵宜的求学情况、工作情况详细地向大家做了汇报，冯德发对赵宜有了基本了解。

赵宜后来因为这个介绍狂批过小李。

你想想，应聘者在那儿坐着，你巴里巴拉地念，不就是让人家裸体吗？小李无话可接。

冯德发曾经对他说，我们不能像别的公司那样俗套，来应聘的，不用提前给我介绍情况，就在会议室念，把他们念裸体。下面办事的人总是有口难言。

冯德发的融资租赁业务需要向国际转型，所以需要国际人才。这是冯德发招聘人才的契机。赵宜刚好有海归经历，同时也有金融行业的从业经验，所以就被推荐上来了。

冯德发对是什么样的人不感冒，他感冒的是，来的人能不能解决问题。

赵宜一张口就把他给镇住了。公司不是缺钱吗？钱不是问题，钱是当前这个世界上最喜欢扎堆儿的东西，我们让它们扎堆到你这儿，不就齐活了吗？赵宜说。

冯德发一听，觉得她把握住了事情的主要矛盾，应该可以试用。这次面试还算圆满。但是，冯德发留给赵宜的印象却很一般。赵宜就觉得这个老板的表情过于紧张，眼神过于游移，身材有点臃肿，居然还拿着一根香蕉。这是她在冯德发面前始终自信的原动力。现在，她看着失忆的冯德发，恍如当初。

赵宜对巴二强说：我带他走吧。

赵宜是怎么来的，只有巴二强知道。

巴二强将冯德发送到宾馆后，就接到了赵宜的电话。

赵宜问：冯德发该出来了吧。

正在为冯德发的明天发愁的巴二强，一听有人接活，自然十分高兴，就毫不隐瞒地说：冯德发现在就在我这儿。

赵宜有点吃醋，说：还是和你关系好，一出来就找你。

巴二强挑事地说：你说错了，他一出来先去的是乌暖暖那儿。

赵宜一听，醋味达到了喉咙处，但仍保持镇定，说：乌暖暖也去你那儿了？

巴二强说：没有，就冯德发一个人。

赵宜马上说：我明天一早去你那里，不管外界如何看待我们，当初，冯德发对我们还是很不错的。巴二强将详细地址告诉她。巴二强没有在电话中告诉赵宜冯德发已经失忆。

人际关系有时就是这样扯淡，有些事情就是不想说，就是想让别人意外。这是巴二强当初做国际安防业务所养成的职业习惯，无关紧要的话一句不多说。曾经有一次，在执行任务过程中，一个小兄弟出去嫖娼，就因为对妓女多说了一句"哥们明天还得押送宝贝呢"，第二天队伍就遭遇了土匪的狙击。一百二十个兄弟死了九十九个。护送的毒品全部被抢走，为这件事，冯德发骂了巴二强整整一晚上。

在巴二强眼里，赵宜一直是一个非常聪敏的女人。她见到冯德发，自然有她的盘算。冯德发其实不太想和赵宜一起走。他既不知道他和她之前私交达到哪种程度，也不知道她主动找自己有着怎样的计划。他其实想和巴二强去瀍河。

巴二强说：你先和赵宜去逛逛。趁赵宜走在前面，巴二强低低地说：其实也曾是你的女人。说完，放荡地大笑。

赵宜的生活应该还算富足：一出宾馆就打车。这是冯德发的心理节奏。坐出租车，他从不晕车。赵宜和他一起坐在后排。两人的腿离得很近。赵宜很放松，旁边坐的仿佛就是她的老公。冯德发却有点紧张。这么多年都没有和女人这么近过。他也想不起来和哪个女人靠近过。今天，车内的空气似乎都停滞了，都是赵宜身上的香味。冯德发紧张得手心冒汗。

她对师傅说：我们去洛水。

师傅一听，就嘎的一声将车停在路边。太远了，我不去。师傅说。

多少钱都不去？赵宜问。

师傅立即就笑了，说：价格合适的话，那当然可以考虑。

师傅其实是不想打表，赵宜就同他协商了一口价——六百元。双方达成一致，就一溜烟儿地上高速了。

冯德发不知道要去哪儿。下了车才知道来到的是一个黄金首饰加工厂。工厂很破旧。几间简易厂房都是几十年前的建筑。

迎上来的是一个三十多岁的男子，见了他们俩，虽然谁也不认识，但是很热情，说：我们这活比较齐全，基本上市面上看到的首饰花型，我们都能做。来，进屋坐。

赵宜没有进屋，环视了一圈，说，还是老样子。她问：你父亲呢？

男子听了一怔，疑惑地问：你们认识我爸？

赵宜和冯德发当然认识。那时他们来时，也是一个三十多岁的男子接待。男子一见他们就客气得想跪下。那个男子自称小宋。之前有冯德发的下属提前来打过招呼，小宋自然知道冯德发是谁。

冯德发一进来，小宋就让工人立即下班，算是清场了。冯德发不喝他端上来的茶，手里的香蕉还没吃完呢。

冯德发说：今天我们来闲情逸致，不要和任何人说。说完，掏出十万元扔到桌面上，说：这是封口费。

小宋立即半蹲着接着香蕉皮，脸部谄媚成一朵玫瑰花，说：咋说咋办。

赵宜肯定不好意思，冯德发只好硬着头皮，从手提包里掏出两张照片，说：按照这个做两个工艺品。

小宋接过去，仔细看了一会儿，似乎看不清，又跑到门口，迎着太阳看了看，回过头来问：这些头发，还要吗？

冯德发释放性地大笑，说：当然要，连头发的弯曲度都要，不要不就成了秃子了吗。说得赵宜有点害羞。

小宋又说：您的这张照片照得非常有精神，雄姿勃发，你看我还需要注意什么？

小宋以为他会让做得漂亮一点，但冯德发不在乎，说：就按照片来。

小宋还是没有完全按照照片来，进行了稍稍创新，男的头像成品比照片显得更有力量，女的头像比照片更有风采。

这两件艺术品，冯德发和赵宜一人一个，冯德发拿赵宜的，赵宜拿冯德发的。司法机关在他们各自的住所搜出这个黄金制品时，都以为是他们的特殊嗜好，待两个放在一起时，才略略懂得他们的用心。男女头像黄金制品，他们也不是头一次看到，但如此神韵一致还是第一次。

直到现在，赵宜最为想念的还是这个。她对眼前的这个男子说：多年前来找你爸加工过东西，你和你爸长得真像。

男子说：我爸十多年前去世了。赵宜就让男子领着冯德发到处看看。没什么好看的：就几间破房子，就几个工人。但赵宜坚持要让冯德发看看他们为其他客户已经加工好的成品，赵宜的理由是看看他们的手艺和花样。已经做好的，无非都是戒指、项链之类，最出格的也无非是个脚链。

这些，在冯德发的脑海里都不会有记忆。

冯德发只是觉得那些工具很好玩。

赵宜觉得这样不行，就准备让冯德发进入职业场景里去恢复。冯德发在床上有时候很不自信，但是会强弩，有时强弩也不行，那就不是强弩的事，越弩越软。但是在职业场合中，尽管他有时也不自信，但总能强弩过去。很多人都总结了他的规律，他笑的次数越多越说明他游刃有余，当他的表情拧出水时就说明他也吃不准，但作为最高决策者的他，吃不准也得决策，有时候南辕北辙，有时候是国际笑话，但没人敢点破。

赵宜决定让冯德发去试一下，但是去哪里试呢？她从监狱出来后，基本上是在苟且地活着。入狱时没有老公，出狱了只好临时找个老公。上下都松弛了，找个老公也是低档次的。没办法，总是要活命。但是，有助于冯德发恢复记忆的，那得是高档场合。以前的冯德发是绝不认憋屈的。随着业务越来越大，人员越来越多，新金融部门需要换办公室。在陈州最豪华的地方，一个外资银行因为要搬迁，空出来有七八千平方米。

那个大厦是陈州的地标，城市的制高点，从城市外望去，它就是这个城市的眼睛，蔑视着这个城市的来来往往。空出的那七八千平方米恰好就是这个大厦的最高层，冯德发去看时，特意跑到窗台上巡视了一下这个城市，转头就对夏静纯说：不用搞价，要多少给多少，我喜欢这个高度。七八千平方米毕竟有十多亩地那么大。员工其实才一二百人。员工们喜欢扎堆，都扎在一个角落上，其他地方都是空荡荡的。冯德发看了后非常生气，就让赵宜安排人把那些空余的空间布置成休闲餐厅和运动场所。员工们当然高兴，下午茶喝得撑得慌后，就组团打乒乓球。

冯德发将他的会议室弄得有两百平方米那么大。空间大了，人员就可以分层次坐了。第一圈是事业部总经理级别，第二圈是总监级别。靠着墙根、在花盆中间站着的是服务员。门口外面是安防人员。冯德发每次进入会议室的时候，大家都齐刷刷地站着。待冯德发故意地咳嗽一声之后，大家才敢坐下，放屁股就像是放玻璃杯一样轻。

　　但是，在这个小城市，哪里会有那么大的会议室呢，赵宜一时还真想不起来。但她想起一个人：土豪孙。

　　土豪孙是赵宜给他起的。其他人见到他时，多是称呼其为孙总，关系近的兄弟，称呼孙哥，街道长辈就喊他的小名喜娃子。

　　赵宜现在老公对他的叫法不同于任何人，他喊他孙君子。他们是初中同学，不管是少年时期还是现在，他总是以君子自居，所以就被喊为孙君子了。赵宜刚出狱时，他们还是能认出来她，毕竟她在当年做代言人在媒体上出现过。卸了妆，比着电视上老了很多，但是底版还是不差上下。他对她的经历略显好奇，就多聊了几次，慢慢就熟络了。每次她看见他开着奔驰来，就喊他土豪孙。后来还为他找了个典故，说：土行孙会遁地大法，你是做土壤保护发家的，你和土行孙是一类，所以你是土行孙在几千年之后才出世的师弟。他处处讲究君子风范，也就不和她计较。风韵犹存的女人，用娇嗲的语气说出来，再计较就没意思了。听得多了，居然连他都喜欢上这个称呼。

　　其实，他和土行孙还有另外一个共同点，那就是都娶了如花似玉的老婆。赵宜并没有见过。很多男人都不愿意将自己的妻子介绍给其他女人认识，或者不会让其他女人轻易认识自己的妻子。这件事让大部分人觉得逻辑很复杂。

赵宜是听她现在的男人说的。是这个城市最漂亮的女人，她男人这样形容，如果非要用哪个明星来参照，如果他的媳妇能将头发染得再黄一点，那演唱 2010 年南非世界杯主题曲的夏奇拉和她有点像。主要是，她从年轻时一直漂亮到现在，没发福，也没增加皱纹，也没松弛，她男人又这样补充了一句。这一句话让赵宜有痛感。漂亮，最为珍贵的不是一时的绚烂，而是长久。金钱也是，做爱也是。

土豪孙是这个小城市的十大企业家之一。她老公会经常到他公司坐坐。有时就赖着不走，非要等到喝了茅台才走。有时她也去。她一去，他的妻子就不会出现。有次，他喝多了，她男人也喝多了，趴在餐桌上呼呼大睡。在他公司的私人餐厅。后厨们都下班了，就剩下他们仨。她只好将他搀扶到他的办公室去。他的办公室是双套间，最外面的是秘书的办公桌，第一个套间是他的办公桌，第二个套间是一张床。她没见过，她估计是一张床。之前冯德发就是这样的布置。他不清醒但不说胡话，也不瞌睡，她扶着他开门，再开门，果然是一张床。她将他搀扶到床上，让他躺好，然后帮他解裤腰带。我本是帮你将裤子脱下来，好让你睡得舒服些，赵宜一直都是这样解释，但土豪孙老是觉得那晚她挑逗了他。但是不管咋说，她比媳妇服务得舒服。他一按她的头，她就知道用嘴上去。第二天醒来，他很羞愧，觉得对不住妻子，也觉得对不住赵宜。他把桌子上摆放的《礼记》《孔子家语》等儒家著作全部收起来，一秒钟也不想看见。

从此，他见她的次数非常少。但是，赵宜留着机会呢。赵宜知道节奏。老是找他，肯定很快就会被他讨厌，或者被发现。不轻易找，就像斗地主时手中握着王炸，关键时候要管大事。现在，她觉得，为了恢复冯德发的记忆，她应该让土豪孙帮帮忙了。

土豪孙没有足够大的办公室。问了一圈子，都没有，最大的也无非一百平方米左右。赵宜只好将就。土豪孙就给颜总打电话，说：我准备用你的办公室开会。颜总很奇怪，为什么找到我这儿？你不是也有办公室吗？

土豪孙说：我这没你那大。

颜总就追问：你开啥会呀？土豪孙就嘲讽他不像他祖宗。颜回在陋巷，食不果腹，衣不蔽体，依然怡然自乐，不纠结不摆理。听孔子讲解，啥话也不说，啥问题也不问，呆滞得跟个傻子似的。但是孔子却老觉得他很聪明，多次赞赏他。你就不会向你祖宗学学？土豪孙笑着训斥颜总。颜总说：得了，还需要我们准备啥？土豪孙说：啥也不准备了。啥也不准备，能唤起冯德发的记忆吗？花盆，颜总的会议室本来就有，人呢，别说坐两圈，总得坐几个吧。但赵宜又不想让太多人知道，他们决定就四个：冯德发坐在老板位置上，土豪孙、赵宜、赵宜男人，分坐两边。

冯德发觉得很奇怪，又不认识土豪孙、赵宜男人，如此麻烦，他觉得不好意思。但赵宜执意这样做。

赵宜说：你以前的办公室比这大很多，人也很多，你最喜欢一边开会一边吃香蕉，今天我也特意给你挑选了香蕉。在大家面前吃香蕉，冯德发觉得难为情。那香蕉的颜色、弯曲的弧度，拿在手里，刺眼得很。

冯德发在座位上吭哧了半天，香蕉也吃掉了几根，依然什么都想不起来。

土豪孙非常有风度地说：您不用难为情，您之前做的事情，大家都佩服您的胆量，我们都是来向您学习的，您仔细想想，看看能不能想出来之前您创业的一点经验，哪怕是一丁点，对我们也会有巨大的指导作用。

赵宜男人初中毕业后就一直做苦力活，哪见过这种局面，就呼哧呼哧地乱笑。冯德发还是什么都想不出来，赵宜只好作罢。

她男人不懂赵宜为什么要如此费力地帮助冯德发。土豪孙文雅地将其归结为伟大的创业友谊。土豪孙是少数对冯德发的创业有不同认知的人。他预计冯德发的商业梦想还未完成。很多事情，没有完成就无法甄别其最终的用心。嫖娼后

◀ "要是完成了商业梦想，那些承诺的利息，应该都能兑现"

还没付钱，可以向警察狡辩是通奸。睡了但没结婚，那只能算作是恋爱，尽管有些人是一门心思地冲着结婚去的。

土豪孙君子风格地说：冯德发要是完成了商业梦想，那些承诺的利息，应该都能兑现。

赵宜不接话，她知道其中的沟沟壑壑。她男人哪里知道赵宜的心思。

冯德发是一个喜欢埋藏东西的人，遇见好东西，就会脱口而出说：这东西得埋藏好。或许与他的童年经历有关。没有父亲的孩子，老是受人欺负，久而久之就摸索出了应对之道。春节后，几乎每个小孩都会有三两颗糖果，冯德发舍不得吃，小孩子发现后就给他抢走。后来，他就埋藏在院子里，小孩子围着他，翻烂他的书包、口袋，撬开他的嘴，他就是不承认自己还有糖果。过几天，他就喜滋滋地一个人吃。后来，他什么东西都埋藏，记性出奇的好，从不会忘记埋藏的地儿。仅有一次失误，把苹果埋在地里面，扒开时已经被虫吃了一大半。他把那些虫全部找出来，火化，又狠狠地踩几脚。

赵宜因此料定冯德发埋藏的应该有黄金，或者在他的老家，或者在 M 地区。

这是她的动力。

赵宜决定带着冯德发去陈州。他们下车时，老鼠眼已经订好吃饭的房间。老鼠眼年轻时，眼睛细长，嘴巴尖，牙齿带着棱角，人瘦，走路缩头缩脑，所以就有个老鼠眼的外号。品行也像老鼠。老鼠都是跟着粮食走的，居家住在粮仓里，在野地，住在花生地里。冯德发牛逼的时候，老鼠眼天天来办公室找冯德发喝茶。赵宜出狱后给他打电话，接了问清楚是谁后，他就一声不吭地挂了，再打过去已经是忙音，再打，就是无法接通了。还好，老鼠眼还活着。赵宜在手机上搜到老鼠眼的公司名称，再搜出他公司的前台电话，再向前台要他办公室的电话。前台不敢给，她就威胁前台：老娘要是闹到你公司，先开除的就是你。

前台只好把电话给她接过去。老鼠眼这次没拒绝，问清楚了是谁后，立即说：估计你们到时已经中午了，我现在就安排人订房间。饭店就在传媒中心楼底下，旁边有一家咖啡屋。

冯德发看见那个咖啡屋，有些熟悉，对赵宜说：我来过这里。赵宜一听，大喜过望，她觉得冯德发的记忆在恢复。

她不知道他前几天刚和乌暖暖来过。

老鼠眼已经戒酒了，但是在赵宜的执意相劝下，还是喝了，三人喝了一瓶剑南春。赵宜几乎没喝过剑南春。没去冯德发公司工作时，在国外，都是喝红酒。去了冯德发公司，都是喝茅台。出狱了，穷得只剩下裤衩，想喝酒了，想得难受时就花上十来块钱喝老农酿的烧酒。一圈下来，刚好把剑南春绕过去。现在一喝，居然觉得口感还不错。但冯德发觉得太甜了些。

冯德发一见老鼠眼就有兴趣，兴高采烈地自我介绍：我叫冯德发，怎么称呼你？

老鼠眼立即愣住了，赵宜解释：他失忆了。

老鼠眼更加惊诧：怎么弄的？赵宜说不知道。

老鼠眼不停地感叹：老了，就怕身体出毛病，什么钱不钱的，都不算事。连忙招呼冯德发坐下。然后又赶忙说：忘了忘了，我姓曾。

冯德发不介意。这个饭店很高档。饭店门口有门楼，门楼下有高出地面一米的台子，两头连着缓坡，客人可以直接开车上来，进入大厅正入眼帘的是封建社会的帝王宝座，双龙缠绕，还修有玉带河、玉带桥，从门口到电梯口，地面都是龙形花纹，冯德发不敢走在龙上面，绕着走。他当然不记得，这个饭店地板花纹的改造，他是出过钱的。他对老鼠眼能在这种地儿请他吃饭，非常感激，就不停地打听老鼠眼是干什么的。这让老鼠眼很尴尬，就不停地打哈哈。赵宜看见冯德发是这个样子，略觉得失望，不停地喊服务员倒水、换筷子、拿纸巾。她对这顿饭好像不以为意。

他怎么能把老鼠眼忘了呢。赵宜想不通。这显示了她的自卑心理。她和冯德发的故事更多，也算是一起把脑袋别在腰带上相互激励着上战场的，连她都想不起来，老鼠眼又算得了什么呢。反而，恐怕是老鼠眼一辈子都忘不了冯德发。那时老鼠眼在陈州最大的咨询公司担任客服部总经理，在开拓客户时，开拓到冯德发这边。冯德发正为如何抓住更为前沿的创新模式发愁，两人一拍即合。

精明的老鼠眼对冯德发说：你这个项目太前瞻，我现在的公司呢，树大招风，容易受人关注，我们费了老鼻子劲弄的模式，弄不好会被别人窃走，不如我私自找人给你干吧。

冯德发也担心自己的创新被别人学去，就答应了。后来，上头调查了好几次老鼠眼曾经供职过的那家咨询公司，那家咨询公司一头雾水。因为这种曲折，老鼠眼将从冯德发那儿挣到的钱巧妙地转入自己的腰包。

在冯德发面前不显山不露水、不卑不怯的老鼠眼，其实穷得很，冯德发给他的服务费，是他挣到的第一桶金。之前挣到的几十万、一二百万，都是毛毛雨，冯德发前前后后给了他五千万，这才是真货。

老鼠眼确实有两把刷子，三下五除二，就将冯德发所需要的创新模式弄出来了。还创造了一个新概念：小鸟模式，也叫飞机模式。老鼠眼说：主营业务是融资租赁，这是躯干，一侧是新金融，一侧是安防，这两个翅膀为躯干保驾护航。冯德发想想觉得说得很有道理。

赵宜听到后，觉得比喻太贴切了。她说给冯德发听，冯德发也觉得贴切。老鼠眼给冯德发重做了网站、公司宣传册。

赵宜起初看不上老鼠眼。人矮头尖的下面都细，体验感不好。但是冯德发对老鼠眼很认可，每逢重大的会议，必须通知老鼠眼到场，还安排在右手边第一个座位，这让赵宜不得不对老鼠眼客气起来。

冯德发对老鼠眼的评价非常高，说：指挥战术的，是战略；指挥战略的，是理论；指挥理论的，是思想。现在，曾总给我们提出了飞机模式，就是解决了战略问题，接下米我会和他一起研究理论问题、思想问题，我们争取为全世界的商业发展提供一个经验范本。后面的这些话，都是老鼠眼在冯德发公司宣传册扉页上写的。

老鼠眼对赵宜也客气，毕竟赵宜担任着总经理。但是他们之间似乎总有一点距离感，隐隐约约地有点隔阂。待他搞明白赵宜和冯德发的关系后，就毫无顾忌地带他进入一个美女俱乐部，并在那里让冯德发认识了夏静纯。

夏静纯在公司的出现，让赵宜觉得不安。她无法排挤夏静纯，因为她不知道冯德发到底是怎么想的。她约老鼠眼喝酒，老鼠眼没有丝毫隐瞒，说：我和夏静纯也就是一般朋友，她刚好准备找工作，就推荐到你们这儿来了。他强调一般朋友时，意味深长地看着赵宜。就他们两个人，赵宜喝多后，老鼠眼将她送回房间，待了一个小时，才心满意足地出来。从此，老鼠眼就经常在冯德发面前肯定赵宜的高明想法。任何事情，在他们仨那里，都能达成共识。

这只是她和老鼠眼的隐情，对唤起冯德发的记忆，无任何帮助。但她不能再要求老鼠眼领着冯德发去嫖娼吧。那个美女俱乐部，其实多是些少妇，除了几个想正儿八经地喝咖啡的，大部分都是猎手。

冯德发一进去就成了猎物。赵宜送他们俩来，也进去坐了一会儿，里面的糕点做得不错，味道醇厚、纯正，吃着会觉得有皇族的气质。她才坐一会儿，冯德发和老鼠眼就不见了。往里面走，有一圈子包间。最里面的包间，门口站着一个服务员。

赵宜走过去的时候，服务员看了看赵宜的手牌，就让她进去了。进去后才发现是套间，外面这间放着脱下的衣服。赵宜从门缝里看了一眼，就出来了。

门口的服务员见她这么快就出来了，很紧张，问：你是谁？立即呼叫了安保人员过来询问赵宜和里面的人是否认识。

赵宜就坐在大厅里等着，他们出来后，热情地同赵宜打招呼，俱乐部安保人员才识趣地退开。她觉得他们俩玩得足够刺激，就问：曾总，那个美女俱乐部还有没有？

老鼠眼一听，缠绕在脑门前那几根仅存的头发立即耷拉下来，说：都快死的人了，谁还记得那些风流事。

赵宜调侃他：我再约您喝酒，就咱俩，你来不来？老鼠眼嘿嘿一笑，说：不去了，不去了，老了，身体最重要。赵宜问冯德发：想起来啥没？冯德发摇摇头。

吃完饭下楼，又经过那个咖啡屋。

冯德发站住脚，又对赵宜说：这个地方我来过，但想不起来什么时候来的。

赵宜决定再找找那个电视台总监试试运气。电视台总监已经退休几年了，赵宜和冯德发在传媒中心大厅里等了一下午也没有等到。

老鼠眼也对电视台总监感兴趣。毕竟，他的其他客户多数有传播需求，需要和电视台合作。冯德发通过乌暖暖认识了总监之后，就顺带着也让老鼠眼与总监认识了。男人之间的熟悉添加剂，有时只需要一场酒、一次泡妞，若来次集体嫖娼，那就是亲兄弟了。

老鼠眼带他们俩去美女俱乐部，回来就给赵宜绘声绘色地讲：你老板活不行，胖人活不行，那个总监还可以。赵宜知道老鼠眼的活更可以。看来，三人比试了。想想那个场面，三对人做同样的事情，放着音乐或者喊着号子，都带着不服输的劲，赤膊上阵，很壮观。按照老鼠眼的描述，冯德发应该输了。

冯德发不习惯于记着自己狼狈的事情。从小就没有爹的苦命孩子，如果老是记住自己的狼狈瞬间或屈辱瞬间，恐怕十个脑袋也不够用，太多了。

赵宜给老鼠眼打电话，问：那个电视台总监叫啥来着？

老鼠眼打岔，问：哪个总监？

赵宜说：你再想想，你们共过事的。

老鼠眼叹了一口气，说：哦，他已经去世了。他接着说：也是受你们事情的影响，公职保留了，但干事业的心劲没了，没几年就患上了癌症。

他劝赵宜：即便他活着，对冯德发也没啥帮助，你想想，他连我都想不起来，他能想起来他？别找了，没用。

赵宜也知道冯德发曾经对一个女主持人非常有兴趣，就继续拉着冯德发在传媒中心的大厅里看大屏幕。一下午，这个屏幕上出现过十多个主持人，赵宜认识的有仨，冯德发曾经最感兴趣的那个女主持人反反复复出现了十几次。每次，赵宜都让冯德发认真看，冯德发也认真看了，但每次都是同样的一句话：我见过她，但不知道在哪儿见过。乌暖暖刚让他看过没几天，他还是有点印象。赵宜陷入了思考之中，他见过咖啡屋，见过这个主持人，说明他对某些事还是有印象的，但是为什么在那个黄金首饰加工厂对黄金没有印象呢？她拉着他找个宾馆住下，让冯德发一个人在屋子里看电视，自己出门了。

很久，她才回来，手里捧个大纸盒子，打开一看，是一个金光闪闪的头像。赵宜真是费心了，金箔纸叠成的，边边角角都粘得非常圆润。

冯德发一看，就觉得羞愧，又有点高兴，他以为赵宜今晚动了心思。

赵宜问：见过吗？

冯德发红着脸，说：没有。

赵宜说：再想想。

冯德发想了一会儿，还是摇头。

赵宜失望地将盒子挪到角落里，说：多看看，多想想，你能恢复记忆，咱们就能幸福了。

赵宜睡不着，就在床上盘腿而坐。

冯德发也睡不着，斜靠在床头。两人都想聊天，但不知道该如何说起，赵宜想谈及过去，他们曾经一起经历的那些，但失忆的冯德发只能谈及未来，两人之间错着时差。

两人一起谈及未来的时候，是在赵宜进入公司的第二天。冯德发领着赵宜进入一个饭店的包间，包间里坐着公司所有的高层。那个饭局是为了欢迎冯德发的到来。席间，喝了几杯酒后，冯德发就问赵宜将来的人生目标是什么。这个问题老套得让人有多种回答的可能，也有江湖套路。

赵宜端着酒杯，一边同在座的各位碰杯，一边调侃着说：将来当然要成为有钱人啦。说完，又解释了自己的标准：什么要做成功人士啦，什么要家庭美满了，在这些结果中，金钱要么是必要条件，要么是充分条件。赵宜毫无顾忌地谈钱，让内心藏着不可言说之意图的冯德发倒吸一口凉气。

但是赵宜很快就将自己的话给找了回来，说：说真的，钱只是个结果，做成一番事业，是我的追求，做成事业，获得社会的尊重，比钱更重要。

这句话让冯德发的眉头顿时舒展开来，但他知道，赵宜最喜欢钱。所以当赵宜说事情风险越来越大的时候，冯德发立即答应给她买一套别墅。国内的，我不要。赵宜说。

她想得明白。

冯德发让她在全球范围内随便挑。她就蒙着眼睛在世界地图上随手一摸，摸到了对面的国家。冯德发扭头对秘书说：明天就办了。

赵宜曾后悔成了前台人物。

电视台频道总监告诉冯德发，现在还没有出台对新金融

102

广告的管理措施，可以先做。等出台了，谁也没招儿。

冯德发也觉得到了需要大力宣传的时候。谈及广告创意的时候，总监以他从业几十年的经验，毫不隐瞒地要求冯德发要充分使用美女因素。他这么一讲，冯德发就懂。

自古，男人爱美人，女人嫉妒美人。美女候选人很多，乌暖暖就是一个。一说，乌暖暖动了心。

但是她很快就拒绝了。她说：我还是活得空灵一点吧，暴露得越多越没有空间。

空灵，是诗人的专属名词。找其他人，报价都是上千万。

赵宜老是挑刺，说这个明星有点过气，说那个明星有负面，后来，品牌部门的负责人终于悟出点门道，就以请教的口气找到副总经理于存之，说：也不知道冯德发是怎么想的，我们觉得赵宜就是很好的人选啊，也比较好打美女总裁的广告理念。

于存之似乎一直等人这样建议，就立即同意，说：你们写个书面建议，我拿给冯德发。

冯德发一看，能省下不少广告费，就同意了。

赵宜觉得公司的竞争对手太多，乌暖暖、夏静纯、李梦瑶、钱佳佳，都有姿色，自己需要占据她们够不着的地方。能上广告，能在全国电视台铺天盖地，能将新金融事业等同于自己的形象，冯德发就必须迁就自己。所以，她在冯德发点头同意之后，立即让助手找到全国一流的化妆师来给自己化妆。

她给化妆师就一个任务：我要看上去像十八岁。随后又觉得十八岁对于总经理这个身份来说有些不相称，就想了想，说：不能超过二十二岁。

化妆师趁机将价格要得高高的。广告片拍好后，品牌部门组织了一场形象片预告发布会，赵宜借故没有参加。广告片上显得太年轻、太美了，她不想自己以活人的身份站在台上让全国各地的媒体记者进行肆无忌惮的比较。

媒体记者确实好奇赵宜本人到底长得如何，没有见到本人，新闻稿没法写，就随便按照公司给出的通稿发了发。

广告播出后，谁在公司遇见了赵宜，开口都会说：您太漂亮了。她的内心得到极大满足。大自然之理是有一高就会有一低，她预感这个骗局总有一天会被戳破，就残忍地发现，自己会是这个风险的主要承担人，乌暖暖、夏静纯她们可能会有机会减轻罪责。

她找到冯德发，说：我们玩不下去时，怎么办？

冯德发安慰她：怎么玩不下去？这给投资者才百分之十几的利息，咱们往 M 地区运军火、倒卖 M 地区的宝石、国际安防业务，哪个利润不是百分之几百？

赵宜说：我知道这些，但这些开始做了吗？

冯德发说：当然，我已经让巴二强加紧做了。

冯德发坐在那里一动不动，一个女孩跑过来，紧紧地抱住他，一言不发。他的胸口到现在还有那个女孩的体温。但是天忽然从灿烂的晴天变成了乌云密布，眼前像是垂下了一道褐色的窗帘，一下子变得暗淡。那个女孩再走进来时已经大腹便便，凸起的孕肚让冯德发觉得莫名其妙。他来到马路上时，发现自己正开着的轿车坏在了一个天桥底下，一辆农用三轮车追杀似的开过来，车上坐满了人，他们却什么都不说，就用眼神恐吓着冯德发，冯德发弃车逃走，来到了一辆公交车上。

公交车明亮得很，他像是来到了炙热的灯泡真空里。除了木偶一样的司机，车上一个乘客都没有。但他却觉得车内不够明亮，就站在椅子上去擦拭上方的灯泡，他的印象中，他拿着的是卫生巾，他一举手，就能够着灯泡，一擦拭，卫生巾和手臂就挡着了灯光，一挪开，车内的亮度就恢复正常。车内开始变得一明一暗，忽明忽暗。但是，车内灯光每次暗淡的时候，他都隐隐约约看到他的左下方，离他的脚只有十厘米处，坐着一个低着头的老太婆。他从椅子上下来，就站在老太婆身边，说：他们正追杀我哩。

赵宜听到后，一骨碌坐起来，趴在冯德发的脸面前，说：你刚才梦见什么了？

冯德发被她摇醒，仔细想了一下，就将刚才梦见的场景给她复述一遍。

赵宜问：你找你妈妈了吗？

冯德发说：其他事我都记不住，但找妈妈的事情我记住了，我找了，他们说她已经在水库里淹死了。

他们是谁？赵宜问。

不知道，冯德发说，我已经不记得是谁说的了，我只知道我妈妈在水库里淹死，连尸体都没有找到。

冯德发说着，眼泪就流了下来。冯德发应该是想念妈妈了，否则梦境不会出现一个老太太，赵宜想。她也想起了自己的母亲，但只是一闪而过。

你之前有过媳妇呵，你想去找吗？赵宜问。

冯德发不说话。半天，才说：我现在这境况，找谁都愿意，但是如果找到了，人家愿意吗？

赵宜问：你知道你媳妇在哪儿吗？话一出口，就觉得自己问得毫无意义。

冯德发要是什么都能记得了，还需要她现在在这儿费周折？

赵宜说：我刚进入你公司时，他们都说你没有孩子，你为何会梦见一个怀孕的女人？那个女人长什么样子？

冯德发还是能记得梦中女人的长相，说实话，是乌暖暖的面容，但是他不能说出这个实情。乌暖暖和赵宜之间的争风吃醋，尤其是在容颜上的比较，一直都没有间断。赵宜因为拍广告片，高薪聘请了国内一流的化妆师。化妆师是一个单眼皮青年，穿着很时尚，在赵宜的办公室忙了一上午之后，赵宜出来去卫生间时，居然有很多人没认出来她，还以为是公司新招来的小秘书。当晚，乌暖暖就要求冯德发给她批六百万费用。

冯德发问她用途，她说：我聘请了专职化妆师，月薪五十万。冯德发知道她为什么这样干，只要她高兴，六百万不算什么。他只提一个要求：必须是女化妆师。他越发理解皇帝为什么将宫里的男人全部阉割成太监。

赵宜在带他来陈州的路上还问：乌暖暖现在还是那么漂亮吗？

他糊里糊涂地说：我都忘记她长啥样了，我现在是什么都记不住，记忆就像是烈日下泼到石头上的水，瞬间就干了，什么都记不住。

赵宜立即笑着问：我现在漂亮吗？

不待冯德发回答，就自言自语：老了。还冒出了一句诗：无可奈何花落去。

冯德发觉得，要是如实相告赵宜，赵宜会吃醋，就说：

梦中的那个人长得有点像你。说完笑着看着赵宜的肚子。赵宜也看了看自己的肚子，就陷入惆怅了。

赵宜的妈妈是大学老师，囿于计划生育政策，就赵宜一个孩子。她爸爸是个沉默的化学工程师，回到家就钻进书房看各种书籍，除了化学方面的，也有言情、《花花公子》之类的，出门后到了单位，就是和各种试管打交道。她爸爸见到管状的东西，总是习惯性捏着，而不是粗枝大叶地握在手里，或者掂着。这是职业习惯。

她第一次看见爸爸吃黄瓜时，就被爸爸捏着黄瓜的手势而逗乐。妈妈是教哲学的。年轻时的妈妈特别爱辩论，任何小事都能争辩成宏大的哲学命题。厨房里曾经居住着一只硕大的蟑螂，但谁也没见到，每个夜晚就在橱柜里哗啦啦作响。爸爸单独配置了带着严重刺激味道的化学品，将蟑螂熏出来，准备仔细观赏一下这个敢于与他作对的对手。味道刚一弥漫，就听见厨房门的包柱里咣当咣当地响，像是逃窜士兵踩在柏油路上的钢靴声。原来，它一直在门柱里生活，而不是橱柜里。看来是被误解了。她爸爸顿时觉得自己很挫败，已经和对手斗了大半个星期了，居然还没搞清楚别人的阵地。幸亏只是个蟑螂，要是个老虎，自己都死几百回了。味道越来越重，门柱里的声音越来越响。过了一会儿，声音小了很多，只剩下啪啪啪的声音，像是叩门声，也像是跪地磕头的求饶声。

　　她爸爸为了表示对对手的尊重，就在门柱下面，用钢丝撬开一点空间，让它爬出来。蟑螂一出来，令人赫然吃惊：两寸那么长，背部的甲壳像是军事统帅的风衣那么威严，步伐不疾不徐，没有丝毫的慌乱。她爸爸分明是感受到它斜过来的眼神，彼此甚至还对视了一下。她爸爸用纸叠成一个敞开口的三角形，蟑螂爬进去，就一动不动地等着起轿。

　　她爸爸想把它扔到小区的公园里放生，这是个值得尊重的对手，英雄惺惺相惜，给人活路等于给自己留空间，她妈妈却不干了，说：这是个哲学问题，自己受其侵害的情感，如何修补？难道不需要用惩罚对手来修补吗？

　　被蟑螂的声音闹的，她妈妈这几天一直休息不好。饭也吃不好，哪里都是蟑螂的气味。她觉得应该立即处死它，并且用最为残暴的火烧方式。她爸爸轻描淡写地说：不就是一个蟑螂吗？至于说得那么深奥吗？

　　她妈妈就气急败坏地说：至于！并且喊着她爸爸的名字说：你今天不把它弄死，就把我弄死，你跟蟑螂去过吧。

　　形势一下子紧张起来了，赵宜就伤心地躲在自己的小屋里，任凭外面的吵架声恣意泛滥。这样的家庭氛围，让赵宜一度想逃离，所以她去了国外。这也使她养成了矛盾复杂的性格，她放荡时岔开裤裆比任何人都彻底，内省时比谁都后悔。她时常挣扎。

她妈妈对她还是比较温柔的，但哲学问题让她觉得妈妈很尖刻。作为哲学老师的妈妈，理应对世界的认识要比别人深刻，比别人宽容，但妈妈的一些理论却是那么传统。她妈妈曾经带着她一直在公园里溜达，溜达到最后，她才知道她妈妈一直在跟着一对儿童看。

那对儿童应该是姐弟，姐姐七岁左右的样子，弟弟是五岁左右，两人很亲密，姐姐不停地在逗弟弟，弟弟有时也耍小性子，但姐姐拿着棒棒糖，俩人一递一口地舔，脸上都满是幸福的表情。

她妈妈很受感染，对六岁的赵宜说：可惜你妈妈我这肚子了，我这是难得的沃土，你爸爸就是不耕耘，要不，你也会有弟弟或者妹妹了，一个，或者两个。

赵宜想要个弟弟，回到家就问爸爸为什么不给她生个小弟弟，她爸爸说自己有次做实验不小心受到了辐射，不适合再生了。

她妈妈听到后恶狠狠地说：借口，都是借口。她爸爸不再说话。眼看又要起家庭矛盾，赵宜只好再也不提这事，但妈妈把肚子当作沃土的比喻，让她彻底记住了。她一直想试试自己的沃土。之前太注重事业了，就没敢让肚子发芽。后来，一夜之间进了监狱，就再也没有发芽的机会。出狱后，土地彻底贫瘠了，犁耙再怎么努力，依然翻不出嫩土来，种子撒下去不少，但都瘪在那儿了。她妈妈在给她的信中，指责过这件事，说：延续是自然之常态，你连延续的能力都没有，是你最大的人生悲剧。无可驳斥，也没必要驳斥，无可奈何花落去的时候就不要再抱怨春天时光短。

今天能让冯德发梦见怀孕的自己，这让赵宜很高兴，唤醒了她的母性。说不定你妻子能让你恢复记忆呢，赵宜说，毕竟她曾经做过你的妻子，我们都没有那个福分。说完，就给巴二强打电话，她觉得巴二强应该知道一些冯德发妻子的情况。

去找古丽琴，是冯德发求之不得的事，他十分高兴。

瀍河在正南方。巴二强对这个地方稍稍熟一点，来过两次，赵宜也来过一次，冯德发其实也来过一次，只是他不记得了。

瀍河是一个县城。这个县城曾经在冯德发的事业版图中具有标志性意义，瀍河分公司是集团开办的第一家县级分公司。在县城开分公司，公司里曾经有不同的意见，有人觉得掉价，有人觉得是支部建设在连队上的战略表现，老鼠眼认为是业务进入毛细血管阶段的布局需要。但是在哪个县城开呢，对于如日中天的新金融事业而言，哪儿开都一样，哪儿开都会很火。于是冯德发就让巴二强去找个算卦的人算算。算卦的老先生正在给一个薄命的女子改时运，那个女子幼时孤儿，十八岁结婚，结婚当日，一番热闹后客人散场，她对象骑着摩托车去送客人时不小心撞在电线杆上，坐在洞房新床上的她等来的是丈夫的死讯，这下子让她还是处女时就成了寡妇了，婆家人说她命硬克夫。这个名声让所有的男人对她望而却步，她想发生个一夜情来破处都没有机会。算卦老先生给她写了字条，相当于处方，让她回家照做。她虔诚地作着揖离开。

老先生抬眼看了一眼巴二强，就示意他坐下。

巴二强不坐。

他是开着奔驰车而来，不是为了坐在灰尘纷扬的马路边降低身份而来的。但是他想起冯德发的叮嘱后，就不得不老实地坐在老先生面前。

冯德发对他说：不要请到公司，公司的气场会影响算卦人的气场，你自己去，不要跟任何人说，就到城隍庙边上的马路边去问问，找那种看上去比较仙风道骨的人问。

巴二强将车停放在城隍庙停车场上，步行着在城隍庙溜了一圈，他数了一下，总共有二十多个卦摊，身材臃肿得像屠夫的，有仨；眼睛色眯眯的，有仨；指甲里满是污垢，随地擤鼻涕的，有仨；见了女顾客聊得欢，见了丑男使劲宰，有仨；不认真琢磨，敷衍了事的，也有仨；在剩下的几个中，巴二强就找到了这位老先生。

这位老先生算卦认真，除了别人也都有的铜钱、易经，他还带着一个小本本、一支笔，每个问事的人，他都认真听，认真记，然后再在小本本上画画写写。

巴二强一度认为他是个生手，但是他在本子上画完后，就熟练地背着口诀，那个熟练劲就像你无法反驳他的仙风道骨气质一样无法怀疑他的专业水平。

巴二强这下明白了，人家不是不熟练，是足够认真，这倒是符合他一贯的职业风格。就是他了。他让他坐下时，他迟疑了一下，老实地坐下了。

老先生不待他开口，就说：你是问公司的事情吧？

巴二强一惊，点头称是。老先生又说：公司又要大发展了，分公司应该往南走。

巴二强更加吃惊，想说什么，却被老先生一摆手，说：南方为乾日中天，行此富贵神灵鉴，从陈州往南七十公里处，即可。

巴二强问多少钱，老先生说：随心即可。这是无价。

巴二强将钱包里的钱全部掏出来，估计有一万一二吧，全给了他。

冯德发听了他讲的算卦经过，在地图上看了看，用手一指，说：我们就在瀍河开。为组建新公司，巴二强第一次来到了瀍河。

赵宜看见一个大门才想起她曾到过这里。这个大门坐落在东西走向的宽阔马路上，它在马路的北侧，马路的南侧就是流传着很多历史的瀍河。河边居然什么都没有，没有树木没有草丛，只有一溜灰中透白的水泥岸。这个门口的两侧却有两棵垂柳树。细长的枝子带着碎叶子成条地垂下来，它们离门口很近，映衬得门口两边的立柱也像是柳条子，门口里面十米处，就是一座两层的建筑，不知道是什么单位，建筑顶子上居然弄个地球仪一样的圆球。

赵宜第一次见到，就觉得这很有意思，垂柳是外围，门柱是内圈。这是有意设计的吗？门口没有铭牌。现在，这幅图画又出现在她眼前时，她惊诧，经过了几十年光景，居然都没有变化。河岸边依然光秃秃的，垂柳树依然细腰，门口的一切和那栋建筑依然蹲坐在那里。

我当时来是因为啥？她问巴二强。

巴二强不记得，说：好像你是和冯德发一起来的。

冯德发能出马，自然不是小事，赵宜想了一会儿，想起来了，是因为一个保安的死，她说。

她这么说，巴二强就不高兴。

赵宜老是称呼安防人员为保安。保安，这个词在巴二强这里是非常掉价的，七十岁的连上床都可能需要人扶着的老人，也有可能在哪个工厂门口当保安。他手底下的人，都是勇士，巴二强经常用英雄这个词语来称呼他们。巴二强也记得，那个英雄是在 M 地区牺牲的，然后将尸体偷运回来，他当时正在执行任务，就没有回国，是赵宜和冯德发一起去慰问的。这是公司最高规格。

他们特意到当初分公司的所在地看看。

冯德发毫无兴趣地跟着。

分公司所在的街道，依然叫作七月十号街。这是冯德发为了庆祝县级城市第一家分公司成立而专门捐助的。

当初，品牌部门对这个素材做了足够的文章。分公司负责人小隋接受瀍河电视台采访时说：公司的价值观是还富于民，公司改造旧街道，建成七月十号街，就是这种价值观的体现。这些话，都是品牌部门给他写好了底稿的。

这个街道的修建，对公司在瀍河开展业务，起着巨大的推动作用，从瀍河募集的钱，超过很多地级市。小隋是公司的红人，经常上表扬榜。现在，他已经非常后悔当初业绩为什么那么好，以至于在量刑时超过了很多地市级公司的负责人。

小隋看见赵宜、巴二强、冯德发他们仨时，也很惊诧。

巴二强瞬间就明白了，说：你小子也有心眼哦，这是你自己的铺子吧。

七月十号街修好后，分公司就开办在那里。小隋给公司打的报告是房租每个月五万，这个价格高出市场行情不少，公司的高层都忙得很，没人会顾及这种小事，现在才知道，这个店面是小隋自己的。现在是一家烟酒店，后面的空地方当作了烟酒仓库。

小隋问：你们仨咋赶这么齐整？

巴二强轻描淡写地说：冯德发失忆了，他之前的媳妇是你们这边的，来帮他找媳妇呢。

接过小隋递来的烟后，巴二强说：你这烟酒生意这么大，应该混熟了不少人，帮忙在公安系统查查吧。

小隋想拒绝。现在生意好了，人生才缓过劲。之前好多年，都仿佛被一坨屎压着。这坨屎既包括家人的不理解，更包括那些收不回本金的投资人的辱骂，以及一些认识的人的得意。小隋在看守所里曾将公司的所有高层诅咒个遍，他恨不得将他们千刀万剐，但现在却再也恨不起来。他一看冯德发，冯德发就谦逊地笑。

冯德发不知道小隋是谁。看着冯德发可怜的样子，小隋就勉强答应带他们去公安局查查。一查，才知道古丽琴在这边重名的有三个，分别在不同的乡镇，他们决定先去最近的这家。

但小隋死活不愿意陪着去。大家因为在他的宣传下，将钱投入冯德发的公司，结果血本无归，他的仇家比较多。前些年还有人砸他的车，砸他的店铺，这几年，随着那批债权人死的死、老的老，生活才算平静些。但他依然不轻易下乡。

有次下乡，他在村口被一个残疾人拦住。那个残疾人下肢被截肢，不知道是怎么来的，就坐在他的车前。车的后背是墙，要想走，只能往前开，但是，往前开，必然会碾着这个残疾人。残疾人说话很难听，都是骂人的话。

也很好听，因为都押韵，比如说：我在你那儿投了钱，让你吃得肚皮圆，我要要钱你没有，你的全家得死完。一问，他说他在小隋那儿投了一万。

小隋是来给人家送货的。旁边的那家，马上要娶媳妇，小隋来给他送六箱酒。没想到遇见了这出戏。他没办法，就去找订货的那户人家。

人家还不愿意出来，说：那是个赖皮货，我去管事，他缠上我咋办。

小隋说：刚才我给你送的酒，我给你打八折。说完，就掏出二百元钱。

人家不接，说：不是钱不钱的事儿，不能管，我这马上要娶媳妇哩，不能坏了大事。

小隋出去找村里其他人，其他人似乎都懂内情，没人出来说话。

小隋只得又回来找订货的那户人家，人家死活不愿意出来管，逼得小隋没办法，最后横下心说：叔，您儿子结婚，可喜可贺，权当我来随礼了，别忘了请我喝喜酒。说完，将刚才收的六箱酒钱全部掏出来，放到桌子上。

人家看了看他说：不是钱不钱的事情，既然你这么为难，我就出去说说他。说完，就起身，小隋跟着。那钱就留在桌子上了。

那残疾人似乎不买账，说：五哥，你要是管的话，我就去你家吃饭，我一个残疾人，攒一万元钱容易吗?!

五哥大声训斥他：你这是胡搅蛮缠，人家不比你亏，人家还坐牢呢，谁骗了你的钱，国家已经有定论，你这样弄，不就是给村里丢人吗?

有村民围上来，五哥大手一挥，他们就将残疾人架开了。

小隋将车开到马路上，回头一看，发现残疾人正和那些人说笑呢。他觉得这是个坑，但他有什么办法呢。所以，他不会跟他仨去。

他们赶到第一家时，古丽琴正在土墙堆前抠墙土吃。穿得也算齐整，上身红艳艳的大褂子，下身是一条绿裤子。

巴二强问：这是古丽琴家吗？

她就呆滞地看着他们，突然大笑起来，指着巴二强大笑，啥也不说，让巴二强心里发毛。

这显然不是古丽琴，巴二强对古丽琴身上的任何部位都很清楚。

屋子里有个矮小的老头走出来，问：你们找谁？

巴二强连忙上前递上一支烟，说：我们找古丽琴，我和古丽琴是老朋友，想找她叙叙旧。

冯德发对巴二强如此热情地找古丽琴，有些好奇，但也仅仅是好奇。

老头冷冷地说：那个就是，你们聊聊吧。一指，那个女人正在吃土。

巴二强摇头，说：那我们找错了。

但是赵宜很好奇，说：她这会出大毛病啊，土在肚子里根本就消化不了。

老头面无表情地说：随她吧。都是她自己作的。

这话明显有隐情，冯德发也好奇起来，就隔着墙多问了几句，慢慢就梳理明白了。这个女人刚结婚那阵，在一家新金融公司投了钱，结果那家新金融公司是骗子，她的钱一分也没要回来，当时已经怀孕了，心一急，孩子就流产了，人

119

马上疯了。

小隋不跟着来，是对的。这个女人投的新金融公司，就是冯德发的公司。

小隋对这个女人太有印象了。有天中午，公司里的人都已经下班，作为负责人的小隋依然在整理客户信息，一个扎着羊角辫、穿着新娘衣服的女孩闯进来，说：我结婚了，我要组建我的小家庭了，我要让我的小家庭幸福，我要挣钱，这是我全部的财产，共十万元，放您公司，我要让钱像老母鸡一样不停地下蛋。小隋立即给她做了客户登记，并指导她在网上开通了账户。临走时，小隋还将公司制作的礼品多给了她两份。

小隋一直觉得她是个善良的女人。公司出事后，报纸、电视台都已经登了，这个女人依然不相信，对小隋说：你是个好人，你选择的公司一定是个好公司。

小隋根本不敢承认自己是好人。法院宣判小隋时，这个女人映着大肚子来到法庭，一言不发地听着判决，听到最后，就昏厥在法庭里。

小隋从看守所出来后，打听过这个女人，知道她疯了，钱没有了，孩子也流产了，疯，似乎是她的解脱。

冯德发很同情这个老头，说：那该死的骗子。

赵宜狠狠地瞪了他一眼，他马上意识到自己可能就是那个骗子，然后一言不发了。

巴二强再次仔细辨认下那个女人，说：不是，古丽琴比她要高一些，下巴要比她尖一些。

第二家在李广村。巴二强对这个村有印象。一个叫鬼方的队员，就来自这个村。

鬼方这个名字也很特别。他妈妈不受他奶奶待见，他奶奶常说，娶到这样的媳妇，简直就是鬼方的了。方，方言，在这个地方有妨碍的意思。意思是说，像他妈妈这种孬媳妇能进她家门，肯定是小鬼在使绊子。说得让人瘆得慌。他妈妈却不怕，他一生下来，他妈妈就给他起名叫鬼方。他妈妈说：都是鬼方的，我儿就叫鬼方，我是我儿方的。这个破解之法，巧妙得让他奶奶无话可说，从那以后，他奶奶再也不提鬼方这个词，脾气也逐渐收敛了很多。李广村本身尚武。李广，是指汉朝的李广，"冯唐易老，李广难封"中的那个李广，但李广的墓并不在这儿。这个村的先人曾经是李广的部下，跟着李广多次追击匈奴，李广命不好，屡屡失去战机，与霍去病比，啥也不是，李广自杀后，先人就心灰意冷地回到村里安度晚年，并在村口修建了李广庙。也有人说，先人将李广的尸体塞上香料偷偷运了回来，就埋葬在庙的大堂下面，曾经还有人在夜里听见射箭的声音。但是，现在的人都忙于外出打工，挣钱养家，谁还在乎这种传说啊。鬼方的爸爸相信这个传说是真的，并相信轮回，在仔细观察了自己儿子的身体之后，就把儿子送到少林寺学武。鬼方果然是李广的命，加入冯德发的公司后，被派到 M 地区。也算是个领导，巴二强手下曾分成十二个组，鬼方是其中的组长之一，但是其他组屡次出色完成护卫任务，给公司挣了很多钱，他第一次独立执行任务，就丢了命。就因为他对那个口活不赖的小姐说：我明天要押送宝贝哩。巴二强很伤心，鬼方是他最为赏识的人。杀狗勇士会上，鬼方是排在他之后第二个上场的，威猛得使狗看见他就想逃命。那些抢劫鬼方的土匪，比狗勇敢得多，一枪就把鬼方干掉了。

鬼方的尸体连夜送回来，夜晚进入李广村，赵宜和冯德发也是夜晚来的，一溜车，三十多辆，冯德发动情地对鬼方的父母说：你儿子是个好汉，是个英雄，是新时代的李广，我诚恳地慰问您。冯德发让秘书留下两百万现金。鬼方的父母很伤心，看见码得整整齐齐的钱，稍稍安慰点。赵宜能隐隐约约想起这件事，冯德发却表现得像是从未发生过。

古丽琴就住在鬼方的隔壁。来了，巴二强和赵宜才想明白，这个古丽琴绝对不是他们要找的。你想想，如果这个古丽琴是冯德发的妻子，在鬼方去世那一阵子，村里疯传鬼方老板事情的时候，她难道会不去找冯德发？他们印象中，从来没有任何一个叫古丽琴的女人找过冯德发。但他们还是决定去敲敲古丽琴的家门。

开门的是一个五十多岁的女人。

我就是，她说。

巴二强仔细看了看，说：我们找错人了。

他们马上转身离开，但还没来得及出村子，就被一个五十多岁的男人拦住，说：不许走，你们是干什么的？

巴二强解释说，我们是来找人的。

那个男人说：最近村里老是丢羊，春节时还发现了人命案子，你们必须留个照片才能走。说完，就拿起手机拍照。他们仨没办法，只好任他拍。赵宜看了看他拍的照片，还不错，人很精神，背后的田野也很秀气。是张好照片。

第三家陡然成了最后的希望。确实是古丽琴。但古丽琴不在家。古丽琴的邻居，一个瘦得像徐悲鸿笔下的马一样的老妇人说：她很早就嫁到外面去了，也没举办啥仪式，她爸爸去过一次，她后来回来过一次。哦，对了，还是带着孩子回来的，那孩子圆嘟嘟的，很可爱，回来给她父亲上坟。从那以后，就没有信息了。有人说她死在外国了，不知道。现在这形势，人都是往外跑，跑着跑着死哪儿都不知道，现在她爹的坟都没人烧纸了，就这么一个孩子，也不知道魂丢哪儿了。

听得巴二强想掉眼泪。

赵宜有些烦躁，想赶快离开。巴二强却缠着老妇人不停地问，尤其是关于孩子的事。老妇人哪能知道那么多，就不吭声了。

老妇人说：那时，人都忙得很，谁不讲谁，等到老了，突然想起有这么一个人，也怪教人想得慌呢。我和她算是同龄人，我是嫁过来的，她该喊我嫂子呢。

巴二强算了算，那孩子应该也三十多岁了。回头对冯德发说：给你找到个孩子，你也能老有所依了。这句话，让赵宜都嫉妒。老年了，谁不想老有所依呢。赵宜不可能再让肚子发芽了，而冯德发，或许还真有个后代。黄昏刚刚好。太阳忙了一天了，也该休息休息了，调整好，等下一个轮回。

巴二强问接下来怎么办，赵宜说她带冯德发走。

巴二强就调侃：还是老情人好。然后压低声音、神色严肃地说：活儿还好使不？

赵宜幽幽地说：都多大年纪了，哪还有活儿啊。

巴二强曾经跟乌暖暖打过赌，说赵宜的床上功夫必然比乌暖暖强。

乌暖暖不信。

巴二强说：你是一文艺女青年，矜持是矜持者的座右铭，而赵宜，风骚是风骚者的通行证。

乌暖暖没想到勇猛有力的巴二强居然说出这么文雅的话，就破天荒地顺着他的话说：改天我和她比试比试。

巴二强这么多年也没听说过她们比试的结果。现在，估计应该是一个层次了。

冯德发因为没有找到古丽琴，略显失落，就一言不发地蹲在车站边吸烟。他认为跟谁走无所谓。巴二强将他们送上车，目送着车离开，就返回真正的古丽琴所在的那个村庄，他要待上两天，仔细打听打听古丽琴的消息，更为重要的，要打听古丽琴的孩子的下落。

巴二强也没有孩子。公司出事前，他和乌暖暖、赵宜一样，和那些年轻的男男女女一样，都没有结婚。冯德发是反对那么早结婚的，这可能源自对自己婚姻的反省。有个部门总监，自恃和赵宜关系不赖，就将喜糖带到了办公室，送给了赵宜一份。赵宜从不吃糖，糖分不利于保养身材，就随意地将其放在办公桌上。

冯德发看到后在赵宜的办公室大发雷霆。赵宜没办法，就找个理由将那个总监给辞掉了。总监当然想不出被解雇的原因，是赵宜的秘书告诉她的，后来公司就小道消息不停地传，说公司董事长不喜欢下属过早地结婚，但其实他也管不住谁，只不过公司里再也没有出现过喜糖。

巴二强在监狱的最后一个夜晚，他就开始盘算自己出去后的几件重要事情，在脑海里列了一大张纸。出狱后回到家里，待头发长长一点，可以适当弄个发型了，他就到镇里的理发店理了个板寸，然后屁颠屁颠地到城里最大的那个超市里去找一个姓孙的女人。孙姓女人认得他，一见他就想躲开。没说上几句话，她就着急忙慌地到楼上去理货了。

巴二强觉得不舒服，但是，也得忍着。事情的主动权已经不在他这边。那时，孙姓女人还足够漂亮，班花的荣誉没人能抢走。他工作清闲时喜欢让她开他的奔驰车。看得出来，她也喜欢，一坐到驾驶员位置上，就像是坐在了他身上，不停地扭腰，半天才停下来，但表情一直是朵花，舍不得踩油门，但车子跑动起来的感觉让她近乎高潮。

她那时有对象，巴二强没有。

为了步伐一致，她把她对象给踹了。这让巴二强隐隐觉得不安。后来，巴二强进了监狱，她就不愿意一致了，草草地找了对象，结了婚。婚后并不幸福。她男人是个酒鬼。平时，蔫得很；酒后，就是豹子。

一次，她男人打她，她回击，一不小心用刀打进了医院。她进看守所时，他并不知道这些情况。她拘役结束，婚姻也就结束了，孩子判给了她。为了孩子上学，不想在这个县城待的她，也必须继续煎熬着。熬着熬着，就悟出了人生的基本道理：只要老娘能爽，其他都是扯淡。这是个基本原则。爽，需要金钱做支撑。

　　刚出监狱的巴二强，显然不符合这个条件，所以她不想同他有啥联系。巴二强一看这情势，就知趣地离开了。他本想找她结婚的，既然她不想，他只好找别的女人。别的女人对他更冷淡，现在他在大家眼中就是一个只会做简单机械加工的小伙计，并且年龄还大了一点。这下，他那雄赳赳的、本想赶快生个后代的计划，一下子搁置了好几年。一直到现在，他同他们一样，也是身后无人。他想找到那个孩子。

6.

赵宜带着冯德发来到一所小学门口。孩子们还在上课。其实也就只有一间教室有孩子的读书声。其他教室都空着。

那间正在上课的教室，也仅有三个孩子。但是，当人们赶在午饭时间从学校门口经过的时候，总是发现学校里一直有四个老师在吃饭。

校长总是习惯性地长吸一口烟后解释：没办法，上面就是这么安排的，老师的编制都在这儿。

赵宜一直站在门口，待那个老师走过来时，她才迎上去，说：你瘦了。

那个老师看到冯德发怔了一下。

赵宜给冯德发介绍：这曾是你的人力资源部副总裁，叫柳叶眉。

柳叶眉这个名字是赵宜给她起的。当初他们还没有去陈州，还在冯德发所在的那个城市的时候，赵宜在化妆品店遇见她。赵宜一看，就被她的美貌吸引住了。眉毛弯曲而细长，就像是柳叶。赵宜挑完化妆品，她给她包好。她想要的香水，一直没货，就在家打电话不停地询问啥时候到货。有次，接电话的是个陌生的姑娘，不知道赵宜是谁。赵宜一下子不知道该怎么介绍自己，就说：你问问那个柳叶眉小姑娘，她知道的。

从那以后，她就一直叫她柳叶眉，以至于后来甚至忘记了她真实的姓名。乌暖暖却不用柳叶来形容她，她说她是来自峨眉山的姑娘。在《诗经》里，有一个词形容美女的眉毛，叫作螓首蛾眉。螓，形容方额；蛾，形容眉毛的弯曲细长。但柳叶眉不喜欢乌暖暖的形容，私下里曾对别人说：太酸了，柳叶多好，柳叶下面是湖水，多美。她之所以这样说，是因为她是赵宜的嫡系。

赵宜经常去买化妆品，两人就成了朋友。两人经常逛街，就成了知己。她陪着赵宜去夜店找骚味，就成了铁哥们儿。柳叶眉表面上很文气，一直在给赵宜打下手。赵宜很喜欢她，公司招人的时候，赵宜就把她招了进来，在公司负责人力资源，从办事员一路做到了人力资源部副总裁。

柳叶眉领着他们到县城边一家饺子馆吃饺子。还是几年前赵宜来找她时的那家。那天，赵宜在这家饺子馆往东一百米左右的路口等她。柳叶眉背着夕阳而来，硕大的夕阳将西方染成了鸡蛋黄，并且还是农家纯天然养的那种，纯天然的鸡蛋黄颜色会重一些，趋于暗红，而激素催生的，就黄得略显呆滞。

柳叶眉穿着红色的上衣，和夕阳的颜色相互映衬，一双白色的运动鞋显示出了她的轻松、惬意。她见了赵宜后，热情地拥抱，但不知道怎么开口。就像是在卫生间门口遇见领导一样，只能点头示意，顶多在洗手池边，主动给领导避让水龙头。

柳叶眉拥抱了赵宜之后，说：咱们去吃水饺吧。

赵宜问：你是从家里来的吗？

柳叶眉摇摇头，说：没有闻到我身上的粉笔味吗？

赵宜感到奇怪，说：你现在是老师？

柳叶眉回答说：我一直是老师。说完，就笑了，接着说：我一直忘了告诉你，好多年都忘了告诉你。

柳叶眉在公司的名称叫作王子玉。有次，王子玉正在检查下面人员交上来的员工社保统计表时，赵宜恰好路过她办公室。看到她正在认真工作，就悄无声息地走到她的身边。把王子玉吓了一大跳。

131

赵宜以为她在看什么呢，就拿起表格看了看。她念出一个名字后笑得乐不可支，对王子玉说：蒲地英，这不是一个药材名称吗？

王子玉一听就很紧张，附和着说：是啊，还能去火呢。

赵宜问：这是哪个部门的？我怎么没有一点印象。

王子玉立即说：刚来的，小男孩还想辞职呢。

有人喊赵宜。赵宜就将表格扔给王子玉，一边走一边说：让他走，公司不缺任何一个人。王子玉看着赵宜走远，立即安排下面的人，就按照这个表格上保险。

柳叶眉将自己的教师资格证给赵宜看，说：我其实叫蒲地英。

那王子玉是谁呢？赵宜问。

王子玉是我的代课老师，柳叶眉说。

柳叶眉中师毕业后，考上了乡村教师编制，但是，村里教书的工作太悠闲了，她害怕时间长了自己生锈，就让王子玉给她代课，她跑到城里打工。她喜欢王子玉这个名字，君子贵玉，君子如玉，哪像她那名字蒲地英，别人一看到就会立马想到土地、肮脏的粪，以及杂乱的草。她就和王子玉商议，你用我的身份证，我用你的身份证。这件事，直到赵宜出狱后来找她，她才说明。这让赵宜很挫败，她很少去信任人，但是她一直信任柳叶眉，她一直觉得，这个从乡下来的姑娘，浑身都透着质朴劲，没想到，隐藏却如此深。说起来，这个隐藏也只是藏了个名字而已。

柳叶眉边夹着饺子边看了一眼冯德发，又看了看赵宜，心想：更隐私的事情还没说呢。赵宜曾怀疑过柳叶眉和冯德发有一腿。她这种怀疑是符合逻辑的。因为柳叶眉是主管人事方面的副总裁，所以需要经常去冯德发办公室进行面对面汇报。起初，赵宜赞成她这样。她努力将她提拔成副总裁，就是为了使自己在人事方面有贴心人，便于稳固自己的权力。但大家都知道赵宜和柳叶眉私交关系好，为了避嫌，她就鼓励她，有些事一定要她亲自去给冯德发汇报。柳叶眉表现得很忠心，向冯德发汇报后，会在第一时间再向赵宜汇报，赵宜很满意。

但是有一天，她一大早去冯德发下榻的酒店去找冯德发商量某个重大决策时，却在酒店外面发现了柳叶眉的车。柳叶眉很小心，知道当天赵宜去酒店找过冯德发的消息后，就第一时间到赵宜的办公室聊天。

她说：烦死了，冯德发一直在酒店住，也不回办公室，昨天找他汇报，车坏在那儿了，烦得我今天把 4S 店训了一顿。

赵宜听后，没说什么。

今天，冯德发就坐在柳叶眉面前。

赵宜说：你那次，真是车坏在那儿了吗？

柳叶眉狂笑，让冯德发觉得非常莫名其妙。

笑容收住后，她说：车真是坏那儿了，我人也坏那儿了，没走，您不也是在董事长那儿连夜汇报工作吗？

说完，就冲着冯德发不放心地问：老大，你真的不知道我是谁了吗？冯德发只能尴尬地笑。

柳叶眉淡淡地说：老大一失忆，我却洗白了。

赵宜好奇地问：你们第一次什么时候？

柳叶眉没有正面回答，反问：你还记不记得咱们有次在老大住的酒店讨论新金融模式到深夜，您有事先走了？

赵宜想了想，想起了那件事。新金融需要在宣传上抢占新概念制高点，冯德发就组织了公司所有的高层来讨论商业模式的概念问题。全国数百家公司都在抢滩新金融业务，他们紧跟着 B2B、B2C 概念来给自己造概念，纷纷提出了P2P、C2P 等五花八门的概念。冯德发最喜欢说这些概念。他还在做机械加工的时候，为了寻找更多的订单，就学了电脑，接触了互联网。那时，全球商业的互联网化进程才刚刚开始。一次听课中，讲师突然冒出了 B2C 概念，冯德发听不懂，老师就给他解释，B2C 是 Business-to-Customer 的缩写，Business 的中文意思是商业，Customer 的中文意思是顾客。阿拉伯数字2用英文怎么说？是two。所以，我们所说的厂

◀ 面对 P2P、C2P 等五花八门的新概念，当时有多白痴，记忆就有多深刻

家直接面向顾客，就被简称为 B2C。

冯德发面对这些新概念，当时有多白痴，记忆就有多深刻。所以他要求必须为公司的新金融模式总结出一个新概念来。

深夜的会议，就是让人容易走神。经过长达五个小时的讨论，冯德发终于将公司新金融商业模式概括为三个字母：CPG。

C 是我们，P 是那些投资人，G 是互联网化，冯德发不厌其烦地向柳叶眉解释着。G 是 Group 的缩写。这个单词还有空中部队的意思。冯德发认为，互联网化代表的就是虚拟、看不见摸不着，同时又有新技术在做强大的驱动力。这和空中部队的特征非常相像。他这样解释，大家都赞同。一个个都困成狗了，老板说什么都赞成。还没散会，赵宜先走了。一散会，人呼啦一下全走光了，柳叶眉还没收拾好东西，会议室就剩下她自己。

冯德发说：你要是不想奔波，就在这儿睡吧。

冯德发领着她进入了他的套间。

冯德发趴在她的肚皮上，她赞美他：您是怎么想出来的？太有才了！

冯德发笑着说：我再给你解释一遍吧。说完，两人都莫名其妙地笑岔了气。

公司品牌部门随后就组织了相关人员对 CPG 进行概念阐释，并在新闻媒体上进行了宣传投放，几天之后，就有网民嘲讽 CPG，并配上一个漫画图，旁边还配有警示词：人为刀俎，我为猪屁股。意指冯德发公司在骗投资者的钱。冯德发看到这个漫画，不动声色。柳叶眉也觉得不那么突然。冯德发安排秘书：给这个网站投一百万的广告费。网站负责人乐呵呵地来签合同，随后就将那个漫画给删帖了，并对作者永久封锁账号。

吃完饺子，柳叶眉不急着去上课，三个人就多坐了一会儿。

他想不起来我，我也没啥好招啊。柳叶眉说。

柳叶眉不应该是冯德发记忆最为深刻的女性候选人。她在他那么多女人中间，不出彩，无论是长相、才气，以及床上的默契度。

冯德发只是不习惯有人建立小圈子，只要他发现，就必须打破，让小圈子里的人都围绕他转，公司只有一个太阳，他就是那太阳。何况，赵宜是总裁，柳叶眉是副总裁。两员大将联手，造反的风险就会大很多。反过来，让柳叶眉成为自己的人，反而是一枚用来监督赵宜的好棋子。她只是他的一个监控摄像头，就这么一点用处，不会记忆深刻的。柳叶眉也知道这一点。

她问赵宜：你都找过谁？

赵宜将这几日的经历给她讲了讲，又说：他还找过乌暖暖，看来乌暖暖的美貌也没唤醒他的记忆。

柳叶眉想起了自己的一个学生。都说那个学生患有社交障碍症，不会叫爸爸妈妈，同谁都不说话，家长把他送到学校来，就当作让老师免费给他看孩子了，第一天，那个孩子沉默如常，老师也懒得搭理他。

第二天，他刚到教室后门，看见柳叶眉正站在讲台上，就疯一样地跑上去，去拽柳叶眉的裙子，差点让柳叶眉红色的小内裤大白于天下，柳叶眉又气又恼，就狠狠地一脚将他踹开，然后恶狠狠地说，再拽，弄死你。那个小孩被吓得一下子哭了，然后踩着风火轮跑回了家。

第三天，校长就一直站在学校门口，等着家长来闹事，让柳叶眉提前下班回家了。柳叶眉还没到家，就又被校长叫回去，那个孩子的家长一见到柳叶眉就痛哭流涕地下跪，分明是高兴的样子，柳叶眉不知道咋回事。

第四天，校长说：这个孩子经你这么一调教，现在会叫爸爸了。那个孩子风一样跑回家后，流利地对他爸爸说：爸爸，老师打我了。他爸爸又惊又气，高兴得立即来致谢。柳叶眉长出一口气，事情转折得太快，让人心脏受不了。

第五天，柳叶眉再让那孩子叫爸爸，那孩子却不叫了，她安慰他爸爸，说：不要急，我有妙招，他说不定将来还是个演说家呢。

第六天，他爸爸对她特别相信。

她对赵宜说：不管是你还是我，也包括那个巴二强、乌暖暖，在冯德发面前都是小绵羊，之前我们都必须扶着他的墙过啊，你是不是考虑找个他扶着人家墙过的，说不定有效果。

那找谁呢？柳叶眉想起一个人：紫产公司的老总大圣女。

赵宜也觉得这个女人靠谱。

那个电视台总监向冯德发介绍：这是紫产广告公司的孟总。

冯德发一听就不高兴，什么紫产，还不如叫难产呢，叫顺产也比这好听哦。

乌暖暖很识时务，接着递过来的名片，立即说：孟总是不是借鉴了历史上的人名？对方一听，就知道遇到了懂行的人。

当初，孟总为公司起名字时，也随波逐流，起的都是商业气息非常浓郁的名字，比如爱思、久远之类的。但是在工商系统核名时老是与人重复，气得她只好求助于天意。第二天清晨，沐浴焚香，闭着眼在书架上抽出一本书，念念有词地翻开书，又非常虔诚地将右手食指和中指按在翻开的这一页上，睁眼一看，居然是子产两字。这本书是《论语》，手指的这一行，孔子正在评价郑国的国相子产呢。她立即感受到了来自历史深处的力量，为了表示对历史人物的尊重，也为了紫气东来，生意蒸蒸日上，就将子产改成了紫产。这段故事，懂行的人，一下子就能懂。

冯德发对孟总不感冒，就记不住她的名字，想半天，也想不起来，他就私下里叫她大圣女。一方面是因为她四十多岁了还单身，另一方面是因为她公司给他写的长篇稿件总是用一句哲学语言开头。

圣，在冯德发家乡方言里，有做作之意。冯德发又得对紫产公司给予足够的重视，他稍稍不重视，电视台总监就停止播放他公司的新闻，按照他的推测，电视台总监应该在紫产公司有干股，或者，和大圣女有点啥关系。

大圣女对冯德发也不感兴趣，包括冯德发公司的新金融业务，在电视台总监的牵线下，两人相互排斥着坐在了一个会议桌上，要讨论新金融的品牌策略。

冯德发刚这么一说，大圣女就立即打断他的话，说：不是品牌策略，是传播策略。后来，电视台总监就给冯德发解释，品牌策略和传播策略的最大区别，就是前者的主要工作内容在公司内部，后者的在外部。看来，大圣女生怕自己和冯德发沾上一丁点关系。

冯德发希望紫产公司能够将公司所有的宣传业务，包括硬广告投放、软文投放、高端活动策划与执行，打包干完。大圣女不同意，她只愿意接软文投放。

电视台总监出来和稀泥，说：新闻策划、软文撰写及投放、媒介关系，都在紫产这儿，至于非官方媒体上的广告投放，冯德发你再找其他人。

冯德发只好同意。会议继续进行，然后说 CPG 的概念炒作，大圣女非常鄙视这几个字母，当天晚上，她就问电视台总监说，新金融行业的广告有管制，上面还没有明确说法，咱现在贸然接单，将来不会忙着擦屁股吧？

后来，电视台总监屡屡想起大圣女说的这句话，非常后悔没有听她的话，与冯德发接触时应该更谨慎一些。

冯德发非常讨厌别人调侃他认为理应严肃对待的事情，开始发火：你说你那公司名称的缩写，ZCGG 这四个字母怎么理解？

大圣女回答说：那还不容易，就是紫产广告啊。冯德发阴险地说：我以为是有暗示呢。大圣女立马急眼，拿起茶杯就要朝冯德发砸过去，比画了一下，茶杯还是被摔碎在她的脚边。

冯德发很惊诧。孟总的下属也很惊诧，觉得按照平时孟总的脾气，应该将茶杯砸过去的。后来，这件事就成了陈州广告行业的一个逸事：谁再说客户是上帝，那他就不是姓孟的。后来很长时间，冯德发都拒绝再见大圣女。他也怕这个女人真砸他。

与冯德发签订完合同，大圣女让随行而来的下属先回公司，她坐在传媒中心下面那个咖啡屋等人。

后来，又似乎觉得不妥，就给一个人打电话说：在这儿不太方便，我们换个地方吧。估计是电话那头的人说出了个地址，大圣女说了一句可以。她开了半小时车才到那个地方，依然是一家咖啡屋。要见的人已经来了。

她走进走廊尽头的那个包厢，包厢里就一个人，一看见她来了，就立即安排服务员倒茶，然后对服务员说：不喊你，你就不要进来了。

待服务员退出后，大圣女说：还是之前你在那家的合作模式。

孔猛悠然地点上一支烟，说：可以，但这次我要40%的比例。

大圣女说：太高了吧?

孔猛说：不高，给你留下60%，也比之前那家100%多。

孔猛说：我是被他们挖来的，他们还算比较信任我，他们急于往全国推，舍得花钱，所以我们可以把合同额度做得高一点。

大圣女同意，说：我要的不变，还是按原来的比例返。两人达成共识后，就闷着头喝茶。喝了几口，大圣女就起身告辞离开。

孔猛又独自坐了一会儿。后来，冯德发将孔猛推进水牢的时候，就刹那间想起了大圣女，这让他原本就有的怒气瞬间膨胀了一万倍，推孔猛的手就重了很多。

柳叶眉说：敢在冯德发面前摔杯子的，也只有她吧。赵宜即便有时耍性子，也没敢在冯德发面前摔过东西。

孔猛算对了冯德发的心思。新金融还是个新概念，民众对新生事物总是用怀疑的眼光打量，这就需要用强大的媒体宣传来让民众感到这容不得怀疑。老鼠眼提议，除了电视台广告，还需要加入楼宇广告，数据显示，楼宇广告的效果最好。

冯德发一听就明白了他的意思，立即同意，问：你是不是想在政府大楼上做？

老鼠眼会意地笑了。没几天，赵宜就天天站在政府大楼电梯间里的方框上做宣传，照片上的赵宜端庄、大气，又年轻时尚，让人觉得其推荐的业务可靠、踏实。

大圣女只好按照冯德发的要求进行软文投放。片刻工夫，搜索引擎上到处都是冯德发公司新金融业务与政府大楼零距离的新闻。阅读这些消息的人，都觉得冯德发的公司业务受到了政府支持。

老鼠眼说：我们要让客户觉得我们与政府关系不一般。

孔猛也觉得这招高明。这也让他对冯德发有了结论性认识：冯德发正在不计成本地进行业务宣传。于是，他就约来豪华游艇公司的老板，豪华游艇未出几天，就全部挂上了冯德发公司的旗帜。孔猛又约来有高铁广告资源的广告公司，那个公司老板似乎和孔猛也是第一次见面，非常客气地自我介绍。

孔猛将他引荐给赵宜。赵宜将他引荐给冯德发。

冯德发同意将陈州通向最繁华城市的那趟线路命名为CPG 模式专线。

冯德发对赵宜说：海陆空都要上，地铁弄了没？没弄就赶快弄。赵宜和孔猛迅速照办。

柳叶眉清晰地记得大圣女公司地址。

三个人来到前台，前台小姑娘正在接电话，他们就稍稍等了一下，坐在前台旁边的会客室里。听见啪的一下，座机上放置话筒的声音，只见前台小姑娘端过来三杯水，柔声问：你们找谁？柳叶眉说：我们找孟总。

小姑娘问：约了吗？

柳叶眉说：约了。

小姑娘刚出去，就冲着一个刚从电梯间走过来的中年男士说：孟总，有人找你。男士来到会客厅门口，奇怪地看着他们。

他们在瞬间尴尬之后，连忙说：这不是紫产公司吗？

那位男士说：是啊。

柳叶眉问：那孟总呢？

男士说：我就是啊。赵宜恍然明白，大圣女可能已经退休了，这是新孟总。连忙解释说：我和老孟总三十年前认识的，她现在退休了吧。

男士立即明白过来，问：你们和她什么关系？

柳叶眉接话说：我们是她的朋友，刚从国外回来，这么多年也失去联系了，想找她叙叙旧。这个理由让冯德发想笑。

男士说：你们几个找的，是我姑，她已经不在世了。

男士介绍说，已经去世五年多了。赵宜和柳叶眉尽管内心很失落，而眼前也只好继续演下去，两人都用悲痛的声音说：太可惜了。又问：你姑要是到现在，有多大岁数？

男士回答说：七十三吧。两人又关切地问了大圣女的墓地在哪儿，并表示赶在清明时一定去看看她。冯德发只能一言不发。男士受她俩感染，也很激动，一个劲儿地说别走了别走了吃了饭再走。她俩带着冯德发逃出这栋大楼，在路边买了几瓶水，喝点水压压惊，俩人都觉得演戏不容易，但是也真正地感叹人生变化无常。那暴脾气，也 OVER 了。

柳叶眉说：咱给冯德发做个奖杯吧。冯德发以前可稀罕这玩意儿。有次，都已经深更半夜了，冯德发给柳叶眉打电话，让她来开会。安防人员已经收岗，就睡在冯德发房间隔壁的房间。冯德发亲自来给柳叶眉开的门。手里依然攥个香蕉。总统套房的商务区放置有一张二十人台的会议桌，一个人也没有，但是在桌子上，却醒目地摆放着一个金灿灿的盒子。

冯德发让柳叶眉挨着他坐，他将那个盒子打开，将里面的奖杯取出来，摆在柳叶眉面前，说：你觉得这个奖杯漂亮吗？

柳叶眉附和着说漂亮，心想：不会是专门让我来看奖杯的吧。

冯德发攥着香蕉，踱着方步，激动地说：我以为奖杯是金子的呢，原来只是不锈钢镀金而已。这是冯德发公司新金融业务获得的第一个奖项。电视台总监给弄的。电视台、纸媒、门户网站联合发的。

孔猛将预算表报给他，他看了看数字，一百万，说是发金杯，自己粗略算了算，金子那么贵，金杯也值不少钱呢，就立即签字同意。

冯德发将金杯收起来，关切地说：别来回折腾了，就睡这儿吧。

柳叶眉就又爽了一晚上。柳叶眉搞不明白冯德发的话是不是调侃，但她确信他是有着奖杯情结的。公司为各种颁奖活动提供赞助，各种活动就不停地给公司发奖，都有奖杯，每个奖杯冯德发都让人家发两个，一个留在公司展示，一个放在他办公室展示。

有次，有个野鸡国际会议请他发言，他激动地去了。只让讲五分钟。他其实不在乎时间，讲一分钟也行，他在乎这个国际会议的奖杯，之前的奖杯毕竟都是国内的，但是，那个会议没有奖杯，这让他郁闷了很久。

柳叶眉说：我还记得那个国际会议的名称，咱就制作个那个国际会议的奖杯吧，花不了几个钱，死马当作活马医。他们来到陈州最为著名的工艺品街，每家店都能制作奖杯，只不过大部分店都需要两天的制作时间，最里头的那家，他们好说歹说，年轻的店主才答应他们连夜制作。吃过晚饭后，他们又去找店主，店主正在做。

店主揶揄她们俩：你们像我妈妈一样讨厌，啥事都是猴性子急，你们这个年纪，是不是已经更年期了？

他看了一眼冯德发，说：还是我们男人比较安静，你看这位大爷，啥都不说。

她俩就不停地喊这个店主儿子，说：你既然连你妈都搬出来了，我们也只好认干儿子了。我们来弄奖杯，就是为了让你这个干大爷多说话呢。奖杯制作其实很简单，底座是现成的，无非是喷上字，杯也是现成的，说是连夜做，其实五分钟就做好了。

柳叶眉觉得还需要找个场合，来正式给冯德发发奖杯。赵宜说：咱们就在政府大门前吧，显得正式些。

第二天一大早，趁着红日初升，他们仨来到政府门前，赵宜充当主持，说：经研究决定，现在授予冯德发国际创新人士称号。柳叶眉是颁奖员，将奖杯郑重地递到冯德发手上。冯德发觉得她们很好笑，就笑个不停，但什么也想不起来。

7.

　　赵宜决定带着冯德发去找于存之。赵宜先给于存之打了电话。距离不远，两人就走着过去。需要绕开立交桥，他们就穿行在都市村庄。走着走着，迎面跑来一头慌忙的猪，后面五十米远处跟着一个气喘吁吁的人。赵宜赶忙躲开，冯德发却支开手要上去封堵那头猪。那头猪恶狠狠地看了他一眼，号叫着冲过来，一下子就从冯德发身边蹿过去了。

　　那个气喘吁吁的人还要追赶，被一个声音叫住：别撵了，哪有这样逮猪的。随着声音而来的是一个中年男子。

　　他一手端着猪饲料搅拌的猪食，一手拿着麻绳编织的绳套，远远地看着猪。猪也跑累了，就立在胡同口的电线杆旁警戒地看着这边的人。

那名男子悠然地抽着烟，过了十多分钟，觉得猪已经平静了，就嘴里发着吃喝的声音，并把猪食放在了路边，同时随意地将绳套子扔在地上。自己若无其事地走到一边去抽烟。猪觉得没有什么危险，就斗胆转过身子，走过来吃食，一只后蹄子毫无防备地踩在了绳套圈子里，只见那个抽烟的男人，将一条捏在手中的绳子猛地一拽，猪警觉地跳动了一下，后蹄子被绳套牢牢套死。

之前那个追赶猪的人连忙过来，用棍抽打着猪，嘴里不停地说：还让你跑，还让你跑。猪无奈地耷拉着头，一言不发。

赵宜对这种场景没兴趣，就不停地督促冯德发赶快走。冯德发一直坚持看完。他已经不记得了，当初他搞定于存之就是使用了逮猪原理。食物、绳套，一样都没少。他们赶到于存之办公室时，于存之正在喝着茶等他们。

于存之一见到冯德发，就友好地问：你还记得我吗？

冯德发回答说：他们都说我失忆了，我的确不记得你。

于存之回过头来对赵宜说：失忆有时也是好事，江湖恩怨多，不记得了，就记忆清零了，可以重新欣赏蓝天白云。赵宜和于存之前联系过一次。赵宜刚出狱时给于存之打电话，两人唏嘘着吃了一顿午饭。恍如两人第一次见面的场景。

那次，依然是在饭局上。赵宜被冯德发通知去陈州饭店见个人，因为堵车，赵宜迟到了五分钟，她进去时发现在座的都是公司的高管，但是在冯德发的左手边，却坐着一个陌生的男子。这名男子应该是穿着西服来的，西服被服务员给挂了起来，此刻正穿着一件洁白的衬衫，面容优雅，眼神里充满平静的笑意，见到赵宜进来落座，向她点头示意。

冯德发介绍说，这位就是我给你提到的于存之。赵宜赶忙递上自己的名片，接着，就随着大伙的节奏，端起酒杯，一起碰杯。除了相互敬酒，赵宜和于存之几乎没怎么说话。倒是于存之趁着给乌暖暖敬酒时，两人私语了好几句，乐不可支，于存之高兴得眉毛不停地上调下滑，像是不停跳动着的音符。这让一直在观察着于存之的赵宜多了几分心思。

后来，他们云雨之后，想起这次本该记忆深刻的见面，都毫无隐瞒地说对对方毫无感觉。还在赤身裸体的赵宜当然听不得实话，有些愠怒地说：那个让你有感觉的人，估计此刻在想着你呢。于存之点上一支烟，不理她，拿起手机，开始斗地主。

赵宜出狱后，来找他时，他也是在手机上斗地主。两人在于存之公司楼下的西餐厅里吃午餐，都沉默无言。说什么呢，说之前，之前没什么好说的，说以后，都是一把年纪了，还有什么以后，两人或许都想起了曾经的激情画面，但

153

谁也没提，连开玩笑都没往上边沾。从那以后，就再也没见面。这次，是出狱后的第二次。

于存之示意他们俩坐下，喊前台人员送来一桶水。茶台上的那桶水已经见底了。

于存之说：我是奉命行事，既然你说要帮助他恢复记忆，我就从之前的电脑中找到了这个东西，我倒腾在手机上了，现在放来听听。他打开手机。

首先出现的是于存之的声音：你为什么作假？你作假为什么不跟我说？

接着是冯德发的声音：现在说这些还有意义吗？现在，我们最为紧要的问题是找到关键人来让我们这个事情缓冲一下。

接着又是于存之的声音：你自己做的事情你自己承担，我们这些打工的，什么都不知道。录音戛然而止。

于存之看着冯德发，说：能想起来吗？冯德发还是想不起来。那晚的激烈程度，换作正常人，都能记住。

新金融业务被人举报为诈骗，公安部门已经找上门来。事情的严重程度只有冯德发一个人知道，他的压力在那几天瞬间暴涨成隐形的炸雷，随时都可能爆炸。晚上十一点左右会有上头重要的关系人打电话来问话，他必须时刻等着，这种等待让他焦头烂额。

他想一口气将她们全部叫来——乌暖暖、钱佳佳、夏静纯、柳叶眉——全部叫来，就在这儿，在这个大得无边无际的床上，尽情发泄。但是，于存之的到来让他冷静下来。因为和于存之争吵也是一种发泄。两人吵了好久，酒杯、茶杯、洋酒、红酒，全都摔了。也说了很多，关于他们各自的小算盘，都被揭穿。但于存之就录了这么几句，其他都没录。

可见，他当初在冯德发面前的愤怒是伪装的，他其实非常清醒。后来，他把这个录音交送给司法机关，说自己也是被蒙蔽，不知情，司法机关考量了这个因素。冯德发的愤怒是发自内心的，于存之走后，他咆哮着让夏静纯过来，夏静纯恐惧地适应着他的恣意，裙子、内裤，不是脱的，是撕的。夏静纯也记得这件事，唯独冯德发不记得。

冯德发曾以为于存之是一个单纯的人。于存之知道自己不是。小学考初中，他用五毛钱买通了同学，那个同学让他抄。初中考高中，他花言巧语骗取了一个正在上高中的小哥哥的信任，那个小子冒着风险给他替考，使他得以进入省级重点中学读书。高中考大学，第一科考完后，他趁人不注意往监考老师口袋里塞红包，于是监考老师对他睁一只眼闭一只眼，他抄了左边同学又抄右边同学，综合权衡后根据自己的判断写答案，结果在班级上表现平平的他愣是以黑马的身份考进了陈州的重点大学。

这些小事积累的经验，在他大学毕业后依然发挥着重要作用。他想留在陈州，大一时就开始琢磨就业计划。他判定，如果能发表几篇重要的论文，对就业会有很大的好处。于是就经常往陈州的几个重要刊物投稿，并以请教的名义接触编辑、主编。逢年过节，他都会给编辑、主编送些礼品。

主编觉得这个小伙子很会来事，就安排编辑多关注这个小伙子的稿件。编辑正好也有这样的心思，就亲自帮他改稿子，然后发表出来，一连发了三篇。凭着这三篇稿件，他得以进入部委工作。他是他们那一届毕业生中就业最好的。在部委，他一门心思琢磨如何获得提拔。这是个大学问。

他曾对赵宜说：我最善于和女性打交道，我一进去工作，发现我那个处室领导是女的，我那个司级领导也是个女的，我觉得这是上天对我的眷顾。事实上，他想多了。这两个领导都没用上。他的其中一篇论文曾被部级领导看到过，就安排他所在的那个司的司长多关注下这个小孩。司长误以为他是哪个领导的亲戚，就抓住一切机会提拔他，他才毕业五年，就成了正处级干部，可惜那个部级领导调走了，司级领导也调走了，朝中无人，处级这个位置上一下子蹲坐了好几年，一直到加入冯德发公司工作。冯德发认为，于存之之所以能加入他的公司，是因为他用了绳套子，就像那头猪。这得归功于巴二强。

每个周五下午，于存之就外出，有人来接。先是飞机，然后是轮船，半夜时分就出现在澳门赌桌上了。于存之曾对赌博颇有心得。他爸爸让他去给玉米浇水，他把管子下到水井里，又在玉米地铺好，然后启动水泵。在他家玉米地路北三百米处，有个杂货铺，里面经常有人在打麻将。他预计着每二百平方米才需要动一下水管，而浇好这二百平方米需要半个小时。趁这半个小时的工夫，他去看人家打麻将。

这样来回了几次，他觉得麻烦，就拜托和他同龄也只有十一二岁、看上去非常老实的一个小伙伴来帮他浇水，他趁有人不玩了，补位，坐下来开始打麻将。其他人都是大人，就他一个小孩子，但大家都习以为常。他打牌很认真，算牌很细致，每一次出牌都考虑充分，手气也好，那天上午，两个小时的工夫，他将另外三个人的钱全部赢完。就在他准备起身回玉米地的时候，他爸爸凶狠狠地走过来，手里拿着棍子。他赶忙逃跑，跑了两天才敢回来。那个小伙伴太老实了，本来已经答应他帮他浇水，但是他叔叔一让他帮着往地里拉粪，他害怕叔叔的巴掌，就怯懦地跟着叔叔去干活，连告诉于存之一声都不敢。

结果，水管不听话，在中间掉了接头，断开了，水全部跑到别人家地里，别人家昨天刚浇完水，今天再浇，怕是会淹死，人家就去找他爸爸。

他爸爸嘟囔他妈妈：不管能行吗?！拎起棍子就奔杂货铺来。他并没有被爸爸吓到，只不过换作更隐秘的方式。他不敢再在村子里打牌，就在学校和同学打。中考前一天晚上，还打了个通宵。那个通宵让他记忆深刻。身上就带了一百元钱，一直输，直到即将输光。凌晨四点后，手气却突然好了起来，开始一直赢，直到将其他人的钱全部赢回来。裤腰带该换了，就扬眉吐气地到街上买了一条非常昂贵的牛皮腰带，然后去为帮他替考的小哥哥准备中考用的文具。

他到澳门，依然像躲着父亲一样躲着一些东西。好在都有人帮着操作好，坐在赌桌上的不是在部委工作的于存之，而是另外一个名字，一个已经死亡了但身份信息还没注销的人。巴二强并不认识于存之。他是到这边执行安保任务的，一个戴着墨镜的老板让他做随从。这个老板在赌博的时候，于存之就在他旁边坐着。于存之当时穿着大裤衩，但脚上却是一双锃亮的皮鞋。这种打扮让巴二强印象深刻。

赵宜第一次见于存之，从表面上看，巴二强也是第一次见于存之。但饭后，他就对冯德发说：这个人我在澳门赌场见过。冯德发不敢相信地看着巴二强，问：你确定？巴二强说：我确定。冯德发就对巴二强耳语了一阵子。

冯德发曾经非常害怕和官员打交道，一看见当官的，就瑟瑟发抖，像是寒风中的树叶。那个场景，他一直记得。大约是八九岁的样子，家里面突然来了个中年男子，他是背着阳光而来的，他前面一直有一团浓黑的影子，直到走到屋子里，才发现是村组长。他妈妈听清来人后，就让冯德发给他搬凳子坐。

那人说：不坐了，我就是来说说，你家的公粮还没交，瞅个空交了去。他妈妈正在生病，没法出门，就耽误了几天，他就一直担心会被村组长催。现在村组长一来，他吓得半死。尽管这次村组长说话语气比较缓和，他还是觉得过于冰冷。他曾亲眼看见村组长凶狠地打那些不听话的村民，连妇女也不放过，大家背地里都喊他老虎。村长倒是对他家比较宽容。但是，他对领导的恐惧，从那时就落下了病根。

还是老鼠眼有办法。老鼠眼说：不和领导打交道，在陈州啥事也办不成！啥人才不和领导打交道？傻子！疯子还会和领导搅泥呢。他这是同赵宜说的，在冯德发面前，他不敢用这种语调。

老鼠眼知道陈州有一帮退休的老干部喜欢打高尔夫球，就找其中一个老干部的警卫员，说：老头们都好这一手，咱们组织组织，弄些奖金、奖杯，让老头们高兴高兴。警卫员不懂这些，就怕麻烦。

老鼠眼塞给警卫员一个硕大的红包，说：老头们也乐意，都不为难。警卫员立即说：我找个机会说说。

未出几天，老鼠眼就接到警卫员的电话：你弄个策划方案。

老鼠眼就对冯德发说：那些老家伙都很讲究，咱也别寒酸了。

冯德发就给他批了一百万。举办比赛那天，赵宜代表公司念了开幕词。

冯德发就按照老鼠眼的安排，一直安静地坐在贵宾室。

冯德发的内心很不安，但也只得装作平静。

贵宾被老鼠眼逐一请进贵宾室，老鼠眼逐一向他们抱歉地介绍：这是冯德发，他向你们表达敬意，他一直坚持参加这个活动，但是现在腰伤了，起不来身，多包涵。贵宾们都一门心思来参加高尔夫比赛的，谁还在乎这些礼数呢，就呵呵着和冯德发打招呼、合影。冯德发像是元首一样，和他们一个一个地合影。

事后，老鼠眼对冯德发说：还是你厉害，都是他们来找你合影，他们都是站着，就你是坐着，他们中的任何一个人，如果没退休，出来巡视时都需要警车开道。冯德发一下子觉得自己的那个病好了许多。后来，再见到于存之，就稀松平常了。

于存之像之前的每个周五一样，走出大门就往右边走，走了五分钟，看见一个巷子就拐了进去，来到一辆宝马车旁边，一声不吭地打开车门坐进去。车随后就往机场方向走。在机场，于存之就觉得似乎有人在跟他。在飞机上坐下来的时候，才发现身边坐的这个平头小伙子就是刚才在单位门口看到的那位。于存之感到一丝惊诧。待飞机落地，他走出机场闸机的时候，平头小伙子叫住了他。他将手里的公文包在于存之面前打开，于存之看见里面都是成捆的钱，平头小伙子说：我是新金融公司的，需要您通融一些事。

于存之自然不敢接，说：我这是出差，以后再说吧。说完，就推开公文包，想离开。平头小伙子说：我查了，您在澳门已经输了七八百万，这包里的钱，说不定能让您翻身呢。

于存之很吃惊，但始终保持镇定，转身接过公文包，说：我知道了。没过几天，平头小伙子找于存之。也只是一件小事，应该不值五十万的。平头小伙子出手大方了些，于存之心想。后来，他才知道那个平头小伙子叫鬼方，是巴二强的手下，也是冯德发的手下。这是冯德发给他设计的套。这是警察告诉他的。

赵宜不知道这些。她在见过于存之第一面之后，未出一周，冯德发就告诉她，于存之要来公司工作，职务是副总裁。他来协助你搞一些高层关系，冯德发说。

这个决定既合理也意外。合理是因为冯德发一直想挖到于存之。于存之所在的单位，未来很大可能是新金融业务的对口主管单位，未来，许多资质可能都需要在于存之所处的部门办理，现在就让于存之进入公司工作，他的人脉会有大用场。意外是因为他来得太快了。赵宜曾经问过于存之这个问题，于存之一直没有回答。他也没办法，是那些冷血的债主需要他必须赶快做决定。

　　冯德发给他开出的年薪是五百万。事业发展得好了，还有对等的奖金。他算了下，如果一切如愿，那些债务就不是问题。尽管他在单位里一直被人认为很有前途，但现在也不得不做出辞职下海的决定。

　　乌暖暖一直希望他能来公司工作。那个下午，鸡尾酒会一直氤氲着进行，乌暖暖觉得酒上头了，尿下到下半身了，就到僻静的二楼去上卫生间，在二楼楼梯的拐角处，她看见西装革履的于存之。在那一瞬间，她觉得于存之就是她一首诗中的那个邻家大男孩，干净，微笑时眼睛里含着善意，又有商务风范。于存之也承认乌暖暖是个美人。乌暖暖搭在楼梯扶手上的手臂，像是闪电，白得耀眼。两人不约而同地说你好，又不约而同地伸手握手。

　　乌暖暖递上去一张名片，于存之回敬了一张。

　　冯德发就是看到于存之的名片才开始主动与于存之联系

的。于存之和乌暖暖端着酒杯低语时，赵宜就断定他们俩应该已经见过，并且彼此印象还不错。

乌暖暖一直将于存之看作诗歌中的邻家大男孩，这就时常让她矛盾，这个邻家大男孩应该在草丛上追逐风、追逐阳光，他却时常穿着整齐的西服处理各种公务。这种矛盾起初尚能让人感知诗歌与现实的反差，后来就逐渐令人难以接受，慢慢地，乌暖暖不再注意于存之了。于存之进入公司后其实表现得一直中规中矩，说话多是中和之姿态。细心的赵宜还是发现了于存之庸俗的一面。我以为还真是个不吃腥的猫呢，赵宜心想。

那次，是在一次私人聚会上，于存之对一个与他比较相熟的哥们儿说"士别三日"，说完，其他人大笑。那个聚会本是邀请冯德发的，但冯德发临时有事去了 M 地区，冯德发就委托赵宜代替他出席。赵宜对这个笑话只听懂了一半。日，这个黄色字眼，应该是他们发笑的原因。后来经过介绍才知道，那个人的名字里含有"士"这个字。所以，于存之一说，大家都会意地笑。赵宜在那一刻，瞬间觉得于存之的日常表现都是装的，那些公务人员的日常表现都是装的。他们有三头六臂，会七十二变，会变脸，能适应各种角色。

她用俘虏老鼠眼的方法俘虏于存之，于存之也会边做边接电话，功夫一流。

于存之在冯德发公司时内心感觉复杂，但冯德发对于存之非常重视。他让于存之和赵宜一起去参加一个国际性创新论坛。他们俩刚到论坛举办地，于存之就敏锐地发现这座城市有政府睁一只眼闭一只眼的赌博场所。赵宜对论坛的兴趣非常大，稿件让秘书组给修改了好几次，直到出发前才定稿，有两千多字，要演讲十多分钟呢。

于存之就寻找借口开溜。第一场，赵宜看着旁边空着的椅子，就产生了严重的孤独感，等到明天第二场上台，如果自己在台上，底下坐的没有一个熟人，自己都不知道眼睛该扫向谁。她这样想时，就忽然觉得自己如果搞不定于存之，未来在冯德发公司的局面也会很孤独。她知道，冯德发非常看重于存之的人脉，肯定会不断地委以重任。他和乌暖暖又相互有好感。虽然现在在自己职位之下，但是扶他上去，还不是冯德发一句话？

赵宜下决心，今晚就搞定于存之。于存之手气不行，带的钱全部留在赌场上，空着手回来的。他烦躁地睡在房间里，就打电话给前台，让其安排一个按摩小姐上来。不大一会儿，有敲门声，于存之打开门，是赵宜站在门外。她的手里拎着的有鸡腿、花生米等几种零食，还有一瓶酒。赵宜说：喝一杯吧，我今天感到疲惫。于存之就陪着她喝酒。

再有人敲门时，于存之就赶紧跑上前去，门只开了一条缝，于存之说：谢谢，不需要了。一股刺激的香水味从门缝里飘过来，赵宜瞬间明白，就把自己内衣的扣子解开。怕等会儿碍事，影响事情的节奏和情绪。一瓶酒肯定不够，就又弄了一瓶。对于赵宜，一夜就够了。

柳叶眉觉得即便是找于存之，对冯德发也不会有作用。目前来看，确实如此。录音又反复放了好几次，冯德发依然很尴尬地笑着。

柳叶眉也奇怪赵宜为什么执意地帮助冯德发恢复记忆。赵宜不能解释。她妈妈从小就教育她什么事情都要靠自己。上中学时有个男生追求她，她反感，那个男生就经常骚扰她。她警告他：再来班上找我，我就让你记住我一辈子。那个男生不信邪，又雀跃着跑来，她当即从桌子底下抽出一条棍子，照着那个男生的头就是一棒。那个男生晕了好几个月才过来，似乎忘记了她一样，再见她时再也没有火花。她对她同桌说，这个棍比老师好使。

她独自出门上大学。搞定老鼠眼、于存之，也是这个风格的体现。但是现在，已经接近花甲之年，时间留给她搞定这个世界的工具越来越少。

冯德发或许是最具有投资价值的一个。冯德发埋藏的是黄金，不是棉花，不需要太多，有那么几十斤就够了。公司之前曾经弄有几千斤。这些话不能给柳叶眉讲。于存之要会见客户，两人只好离开。在公司楼下，看见一条流浪狗。流浪狗喜欢有树林的地方，公园里就常见，它独自倔强地走在水泥路上，走在如水流的马路边，仿佛与世无争。它不怕人，也不盯着人看，目标坚定地向前走，使得行人纷纷避让。冯德发对赵宜说：别找了，我也不想找了。

赵宜问：那你想去哪儿？

冯德发指着那条狗，说：我跟着它走吧。

那条狗仿佛听到了什么，就驻足回望了一下。

赵宜说：咋能呢，有我在，我不会让你饿死的。她大声喊着让那条狗走开。那条狗识趣地跑了起来，一会儿就不见了。忙了几日，毫无结果，赵宜的语气就缓和了许多，不像一开始那种非要怎么怎么的那么坚决。

她说：你自己最想找的人是谁？

冯德发看着灰白色的天空，夕阳已经挂在山脚边，他叹了一口气说：他们说我母亲已经去世了，我想见她，也是白想。

赵宜听了也觉得伤感，过了好大一会儿才说：我们曾经以为生命很漫长，时间很宽绰，曾经以为有了物质就会有一切，我们曾经那么有钱，结果到现在身边连一条狗都没有。

那条狗又出现了，但没人理它。

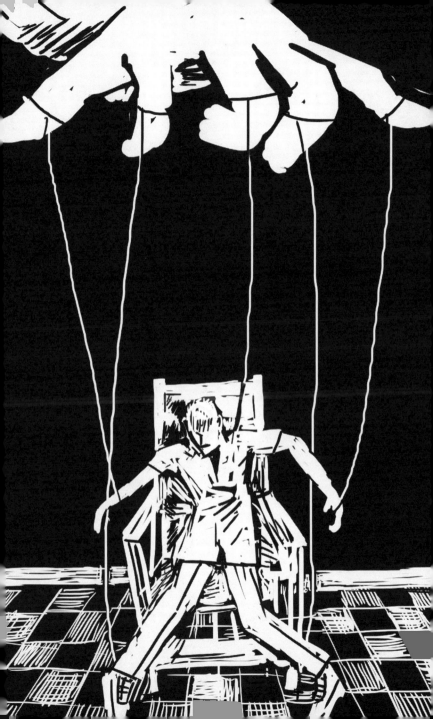

◀ 埋藏的是黄金，不是棉花，不需要太多，有那么几十斤就够了

8.

赵宜要去卫生间，冯德发就将她写给他的信给她，说：当作手纸吧。

赵宜接过去，就径直往卫生间方向走。

赵宜的疑问和他们的不一样。

于存之的录音别有用意，赵宜觉得惋惜。她问：明明有风险，为什么不早收手？早了，大家也可以作鸟兽散，各自远走高飞，她在国外的那套别墅，一天也没有住过呢。

冯德发不记得有没有给她回信。这几天，她也没说起信的事情，他也没提。他现在也不知道答案。曾经有人说他是出现了"骗子的矛盾心"。这个人乱造心理学术语。一个骗子在将老人的钱骗到手之后，陡然想起自己年迈的爹娘，再看看那个被骗老人的可怜样，就忍不住要将全部到手的钱给还了一点回去，这一还，就留下了把柄，被警察抓住。这个人真能编故事。你见过骗子有还钱的吗？兴许有。他可能就是一例。他本可以早走，却没走掉。现在，他要走掉了。

他看着赵宜拐过一棵洁白的杨树，不见了人影，他拿起自己的帆布包就往另外一个方向走去。拐过一个胡同，他看见了一个公交车站。上车后才发现身无分文。

他向司机解释：我的东西被偷了，身上没有钱。司机懒得和老头子说话，每天和美女说话都累得舌头发白，就不耐烦地挥手让他往车厢里走。他站在车厢中间，眼前正对着贴在窗户上方的车站表。他看到倒数第二站是医学院站，就决定在那站下。

在医学院前一站，乘客都已经下完了。

司机跟他开玩笑说：免费车还坐这么远。他心想，我还是给你客气了，不客气的话我就一直坐到终点站，坐到你领导办公室去，睡到你值班室床上去，反正我没地方去，你还得管饭呢。他不说话，车一到站，就优哉游哉地下车。从车站往前走一百米，才是医院的大门。到医院门口，才知道这是陈州第一人民医院。来看病的人太多了，他扒拉着人群来到神经内科，也不排队，一直走到值班医生面前。医生是个女的，三十多岁，戴着黑色镜框的眼镜，长头发被简单地束缚在头后面，身材修长，面容和善。冯德发紧靠着她站着，她说：这位大爷，你往后站一站，排队，等会儿就轮到你了。

冯德发说：你骗人，那么多人，啥时候也轮不到我。

女医生就不再说话，按部就班地一个一个地看，一直到快下班的时候，才开始将眼睛朝向冯德发，说：你的就诊卡。

冯德发说：我没有。

女医生说：没有怎么看病哦。

冯德发说：他们说我失忆了，我也不知道我自己是谁，我没有钱，我就想让您给看看，这病还能治不，要是能治的话，我就出去挣钱、攒钱，有钱了再找您治。他说的时候，她一直在看着他。房间里已经没有了病号，天色已经黑了下来，屋子里的光线已经暗淡，她站起身来，去将灯打开。她仔细地看着他，尤其是看到他脖子上有个指甲大小的黑痣后，就耐心地让冯德发坐下来，然后问：大爷，您脖子上是黑痣吗？

冯德发回答说：是。

女医生又问：发生过交通事故吗？比如说，是不是撞住哪儿了？

冯德发说：我不知道，我又没有家人，所以就没人告诉我到底是怎么失忆的。

女医生说：今天 CT 室已经下班了，明天再查吧，你现在住哪儿？

冯德发说：我没有地方住，我准备去救助站。

女医生脱口而出：去我家住吧，明天我带你来拍片子。

女医生家就在医院家属院，从女医生科室出来，不需要从医院大门走，从医院后面的小门穿出，再往右拐过一栋楼就到了。她家住在一楼，有正门和后门。女医生带着他从后门进去。客厅里灯很亮，有个年岁和冯德发差不多的男子在看电视。

女医生对那个男子说：爸，今天这个病号没地方住，我让他来家里住了。男子似乎很惊诧，就立即起身过来打招呼。说是打招呼，其实是想看看到底是何方神圣。一看，就瞪大了眼睛，说：怎么是你啊，你啥时候出来的？

女医生听得莫名其妙，就问：爸，你认识他？

那个男子说：我当然认识，我之前的老对手。

冯德发也被说得莫名其妙，但也瞬间想通了，这个人可能是之前的某个熟人。他只好尴尬地笑。

女医生手里拎着脱下的外套，来不及挂上去，就转身问冯德发：你能想起他是谁吗？

冯德发摇摇头。

女医生对那个男子说：他是彻底失忆了，明天我带他好好查查。然后跑进最里面的那个房间，拿出一个信封，信封里装着一个条子，条子上写着一个公司的名称，她问那个男子：你和这家公司有过往来？

那个男子说：当然。然后反问女医生：你这个条子又代表什么呢？

女医生解释说：我的眼睛就是这家公司给捐助的钱进行治疗的，我亲爸不识字，怕忘记，就让邻居写了这个条子，叮嘱我将来长大了不要忘了感恩，我参加工作后去找过这家公司，听说他们都被判刑了。

那个男子朝着冯德发努了努嘴，说：这个人就是这家公司的董事长。然后不停地感叹：真是奇了，真是无巧不成书。

女医生在科室里看见冯德发第一眼，就觉得面熟，好像在哪里见过，于是有意将他放在最后，以便好好了解。待她看见他脖子上的黑痣后，确信了这个人就是自己这么多年最惦记的那个人。她永远记得第一次睁眼的场景。她睁眼看到的不仅有医生、家人，还有一个陌生的大哥哥。

那个大哥哥看见她的目光转到自己这边来时，就笑着走过来，说：小姑娘，看见我了吗？说着，就俯下身来，拥抱了她一下，她在他俯下身来的那一瞬间，清晰地看到了冯德发脖子上的黑痣。这个印象已经伴随了她三十年。

现在，已经确认眼前这个失忆的人就是自己朝思暮想要感谢的恩人，她就冲着那名男子说：爸爸，你给你儿子打电话，今天我们要去最好的饭店吃一顿，爸爸，也麻烦您破费一瓶好酒。那名男子愉快地答应了。

席间，节奏就慢了下来，年轻时喝酒老是嫌弃杯子小，再大的杯子都能一饮而尽，上了岁数，就老是嫌杯子大，再小的杯子也会分两次喝。经过那个男子郑重地介绍，冯德发才知道他复姓公孙。公孙的儿子不喝酒，一瓶三十年的老酒就由他俩慢慢喝。

喝到最后，公孙说：你不应该派人往我办公室门上抹狗屎。

冯德发不接话，他听不懂他在说什么。如果他听懂了，现在的他也无法反驳。当时可不一样，他觉得公孙先生网站上发的针对他公司新金融业务的负面文章都是狗屎。那些文章很有杀伤力，作为新金融领域的首家门户网站，它发什么，别人就信什么。公司舆情监督部门监测到了这些文章，第一时间报告给冯德发。

冯德发当时正搂着夏静纯睡觉，电话首先震醒的是夏静纯，冯德发接听电话后立即就坐了起来。通知副总裁以上的人来我这儿开会，他在电话中说。夏静纯赶紧穿上衣服，又在卫生间稍微收拾了一下，主要是把睡弯的头发给弄齐整些，惺忪的眼睛用凉水刺激刺激，显得精神些。

她收拾好后就坐在卧室外面的商务区会议桌旁边，还故意找来几张打印纸，在纸上画了组织架构图，旁边随便写了几个字，完全是一副一直开会研究事情的样子。

半个小时后，副总裁级别以上的人都到齐了，冯德发穿着睡衣，拿着一根香蕉也走出来了，坐在会议桌的一端，环视了一下大家，说：因为有紧急事务，所以吵醒大家来开会。说完，看了一眼夏静纯，说：刚才我和夏静纯一直在研究公司的组织架构，我们都还没睡呢。但是，在座的人都知道，傻子都能看出来他是刚睡醒。主管舆情监督的那个总监将带来的资料每人发一份。资料就是网站刚刚发出的文章，文章标题是《冯德发公司新金融业务的高利息之谜》。

冯德发花费了五分钟大致将文章看了一下，怒气冲冲地摔在桌子上，说：一派胡言，全是狗屎！

说完，就把守卫在门口的安防人员叫过来，说：现在就去这个网站办公室，门上给它抹上狗屎。那个安防人员立即去执行。

冯德发拿着香蕉，踱着方步，自言自语地说：现在总共才吸引投资几十亿而已，我上次从 M 地区弄回来的翡翠价值好几百亿，倒卖翡翠的思路，他们能理解吗！

说完，又指示赵宜：等会儿你和这家网站接触，谈谈合作，让他们第一时间撤稿。赵宜同公孙先生联系上时，狗屎已经被抹上了，这让公孙先生感到了奇耻大辱，立刻拒绝了赵宜提出的合作建议。赵宜再给他打电话，他就不接了。公孙先生安排他的副总赶快派人到公司里加强防卫，自己不放心，也起床赶到了公司。

赵宜把与公孙先生的沟通情况及时向冯德发汇报，冯德发指示赵宜：实在不行，我们就施行第二套方案，直到将他打服为止。

公孙先生不是轻易认输的人。他就不停地劝着冯德发喝酒。公孙先生从小到大没有吃过什么苦，他家的苦都被他爸爸受了。他爷爷是个老军人，曾经到 M 地区打仗，七个人守着一个山洞，与敌人对抗了七天七夜，愣是把敌人给吓跑了。

他爷爷曾跟他爸爸瞪着眼睛形容说：那场仗打得惊心动魄，山洞里的蝙蝠、蛇、老鼠，像是经受地震似的往外逃。后来他们才知道，敌人也是七个人。他们即将弹尽粮绝，就商议着不再打枪，等着敌人靠近后，近距离搏杀，弄个鱼死网破。敌人一见这边没有了动静，以为他们都死了，就骄傲地回去复命，说已经消灭了全部敌人。他们一看，敌人全都撤退了，就勇敢地回归了大部队，他们七人的英勇事迹也成了宣传典型。

一场战争，双方都毫发无损，并且都受到嘉奖，也是战争奇迹。这件事，他爷爷到死都不知道，到死都以为敌人是吓跑的。公孙先生是学计算机的，就检索了敌人的战争数据库，也搜到了这场战役，这下才明白这场战争的戏剧性。他爷爷因为是在国外参战，回来时又白白胖胖，就被人诬陷为间谍。其实，他爷爷那是浮肿，脸白是因为贫血。但斗争都是毫不留情的，没几天，他爷爷就死在审查室里。录的口供白纸黑字，他爷爷承认了自己是个间谍。

从此，他爸爸的日子就不好过了。不让上学，不让跟其他人接触，不让当兵，不让参加工作，一直憋屈到他爷爷平反。他爷爷当年的战友来找他爷爷，一打听，被审查死了，就不停地为他爷爷呼吁平反。平反了，他爸爸才被安排到国营厂里工作，才娶上媳妇，才生下公孙先生。他爸爸经常教育公孙先生：不要认输，总会有翻盘的那一天。他爸爸就是靠着这股劲儿迎来了春天，公孙先生将这件事牢记于心。一泡狗屎算得了什么，一百万也算不了什么，他不认！

第二天一上班，公司上下都在议论那篇文章，纷纷指责公司公关部门能力有限。除了几家已经有合作关系的行业网站，一些自媒体开始转发。赵宜就又给公孙先生打电话。

公孙先生说话很客气，说：我们要尊重作者的权利，您要是觉得作者说的不实，你们可以拿出证据反证。那篇文章公开质疑冯德发公司新金融业务的债务人可能都是假的，言外之意，是冯德发公司通过假合同来骗取投资人的钱。

赵宜说：这个作者是有阴谋的。公孙先生继续客气地说：您提供证据其实非常简单，通过提供与债务人签订的合同、债务人的营业执照，这比说千言万语要管用得多，您要是愿意提供的话，就和我们这边的法务部门联系。说完，就把电话挂断了。

赵宜打电话时其实就在公孙先生公司的楼下，她以为公孙先生语气会缓和，她受冯德发的使命，今天其实是准备在公孙先生这儿破费五百万的。但是，现在来看，机会不大。她给公孙先生的一个副总打电话，这位副总的说辞和公孙先生一样。赵宜将情况汇报给冯德发。

冯德发说：既然敬酒不吃，那就罚酒吧。叫网络部门负责人进来，巴二强也被叫了进来。这场战争由冯德发担任总指挥，巴二强担任主力，公司网络部担任先锋。

公司网络部所谓的先锋任务，就是要找到一流黑客进行合作。五百万，公孙先生不要，有人愿意要。网络部找到一位顶级黑客参与进来。巴二强的手下也有计算机高手，这组计算机高手从来不对外，冯德发将其命名为空中部队，和巴二强手下的安防队伍并列。空中部队的技术水平不如那个高薪聘请的黑客，就积极地充当下手。指挥部就设在冯德发下榻的那间总统套房里。攻击时间不能从白天开始。打仗哪有白天开始打的，自古都没有，都是趁着黑夜偷袭。巴二强在集结完部队后，请求立即发动攻击，被冯德发制止了，冯德发说：虚拟社会也是人创造的，也要尊重战争规则。他心里是这样盘算的，他们既然喜欢在夜里发布文章，我就以牙还牙，也让他夜里不安生。

公孙先生其实一直在集结兵力做防备打算，度过提心吊胆的白天之后，夜晚更是多了许多未知的因素。晚上九点一过，冯德发立即发布进攻的命令。公孙先生瞬间感觉千军万马冲过来，冲过他的护城河，冲破他的城墙，冲进他的大本营，然后，网站陷入瘫痪，任何人都登录不上去。副总说：这是有预谋的攻击，我们遭暗算了。公孙先生反而冷静下来，问：我们还有解决办法吗？副总回答说：正在尝试。说完，他走出去了。一个小时后，走进来，说：没办法，对方太凶猛。

公孙先生点上一支烟，说：你也太狠了。

冯德发从他刚才的描述中，算是听明白了端倪，原来他们俩在网络上交过手。女医生和公孙先生的儿子也是第一次听说。

那个夜晚，公孙先生彻夜难眠，辗转反侧地想着该怎么办。如果完全按照他的性格，不考虑员工、事业、前途，他宁愿关闭网站也不认输。但是，仅仅因为一篇文章就毁了自己的事业，就让那么多弟兄失业重新找工作，值得吗？他决定委屈自己，掷子认输。

第二天，他带着公司团队来拜访冯德发公司。

赵宜接待了他，骄傲地说：何必呢。

公孙先生态度诚恳，说：我们已经修改了发布文章的原则，未经过证实的文章，绝对不允许发表，关于昨天那篇文章，我们已经做了说明，并诚恳地道歉。

赵宜哈哈一笑。公孙先生从冯德发公司离开时，在冯德发公司门口看见一个人刚刚从玛莎拉蒂上下来，他并不认识冯德发，但是他确信这个人就是冯德发，他看见冯德发脖子上有个指甲大的黑痣。

后来，冯德发偶尔会接受媒体采访，公孙先生才确认。

公孙先生咽下一口酒，说：你最大的问题就是不知止。

冯德发没听清楚，他就重复了一遍，说：停止的止。

公孙先生带着他的团队刚离开冯德发公司办公大楼，冯德发公司公关部门就立即组织召开新闻发布会。公孙先生说：你非得在舆论上扳回来。

冯德发问：新闻发布会是我主持的吗？

公孙先生摇头。新闻发布会是陈雷主持的。陈雷进入冯德发公司的原始职位就是新闻发言人。那次新闻发布会召开时，他才进入公司三天。

按照常理，新进入公司的人，是不可能对公司非常熟悉的。赵宜找到他时，他就以自己对公司不熟悉当作理由来推辞。但公众对他熟，公司看重的就是他这一点。他曾是电视台的知名评论员。

赵宜说：危难之际方显英雄本色，冯德发说了，这次网络阻击战要重奖，您这边，如果新闻发布会非常成功，也会重奖，按照冯德发的风格，应该是五十万起步吧。

陈雷说：我想想。过了十五分钟，陈雷给赵宜打电话说：我刚才仔细看了公司的 CPG 模式，我的经验能够支撑这次新闻发布会。

公关部门立即联系各路记者。记者们都知道冯德发公司出手大方，来一趟收到的红包是其他公司的好几倍，都纷纷停下手头工作，聚集到冯德发公司办公大楼。工作人员首先给记者播放的就是刚刚公孙先生带着他的高管团队进入冯德发公司的画面，以及公孙先生在会议室向赵宜道歉的语音。接着是陈雷先生从新金融角度重新向大家灌输了独特的 CPG 模式。

公孙先生知道后，非常生气，但是想起昨天晚上的攻击风暴，他只能强忍下来。那些记者都是冲着红包去的，都戒备地审视着冯德发公司和公孙先生公司之间的口水战，大部分都没有发出新闻，只有极个别媒体，拿的红包足够大，并且冯德发公司是他们办活动的主赞助商，囿于合作上的压力，不发不行，只好简述了一下事情的经过，按照公孙先生的道歉内容进行刊发。

冯德发对陈雷好奇，问公孙先生：陈雷在我公司担任什么职务？

公孙先生回答说：你开新闻发布会恶心我的时候，他只是你的新闻发言人。你也是真舍得花钱，一个新闻发言人就能给出三百万的年薪。后来，你将他提拔为公司的副总裁，据说年薪达到了八百万。他这个人，最大的毛病就是太爱出名了。公孙先生一边夹菜一边说。女医生、公孙先生的儿子，在今晚都是听众。

新闻发布会之后，陈雷打听到公司副总裁级别的年薪都比他高，有些副总裁，比如于存之，年薪能达到五百万。他想起一个月前看过的那套别墅，那套别墅坐落在陈州的北面，陈州北面高，南面低，南面还有一条宽大的河流从西向东流过，陈州的地势，以北为风水上佳之地，南面宽阔的平原仿佛是陈州的南大门，那条河就是玉带河，门前流水，水载万物，所以，陈州北面的别墅价格要比其他方位的贵，比南面的要贵两倍。

陈雷的媳妇一直觉得别墅是身份的象征，她就不停地抱怨陈雷留学没啥作用，也没挣到大钱；当评论员也没啥作用，也没见收入增加多少。陈雷觉得自己再往上努努力，能混上副总裁，那个别墅就指日可待。所以，新闻发布会后，他除了不停地代表公司参加各种论坛活动，还自作主张地在全国各地分公司进行巡回演讲。

公孙先生对冯德发说：据说你把他提拔为副总裁，是因为他的巡回演讲促进了你的融资，那是你的公司，我咋知道你是怎么提拔他的。说完，旁若无人地笑了下。

公孙先生听过陈雷的演讲。那天，公孙先生正在街上走着，有个人过来发宣传单页，一看，是冯德发公司的新金融业务，他就停下来，说：我穷得很，没有钱投资，你们还招不招业务员，我去你们那儿做业务。

那个人是部门经理，听到公孙先生的话后，非常高兴，问：你是哪个学校毕业的？

公孙先生穿着整齐的西服，全身上下都收拾得干净利落，一看就是业务员的料，不待公孙先生回答，经理又急不可待地说：我说了算，你来吧，进入我部门，一个月底薪五千，有业绩就有提成。

这个底薪水平让公孙先生汗颜。公孙先生的公司没有业务员，多是技术和编辑。有几个刚毕业的小姑娘进来当编辑，每个月才四千元，居然还没有冯德发公司普通业务员的底薪高。

公孙先生就跟着这个经理进入了冯德发公司陈州分公司。前台让他填表，他就胡乱填了填。大会议室里，陈雷正在给分公司员工进行金融知识培训，公孙先生就进去听了听。陈雷全程眉飞色舞，一副志得意满的样子，公孙先生当时就觉得陈雷是傻瓜一个。在尖刀上跳舞，谁蹦得欢，谁死得早。

女医生很激动，就不停地给冯德发夹菜。

公孙先生打趣地说：江湖恩怨被儿媳妇解决了。你不是个好人，但你办了好事。冯德发第一次见女医生时，她才七岁，不叫现在的名字，现在的名字很文雅，叫刘一涵。那个时候她的名字叫小不点，后来被小朋友改叫成小瞎子。叫得她心疼，但又无话可说，又不敢得罪任何一个人。妈妈稍微一生气，就不想理她，盛饭时就少盛她那一碗。爸爸脾气很暴躁，经常冲着她发火。她永远不知道发火时的爸爸是站在身后还是身前，因为声音都是不打弯地直接从耳朵里穿过来，钻到她的心脏，窒息得难受。姐姐和哥哥，总会在爸爸生气的时候，牵着她的手出去躲一躲。她有时也会惹姐姐哥哥生气，他们就会把她的手猛地放开，说：不理你了。她立刻就感到恐惧。哥哥姐姐也只是说说而已，他们从来都没有将她扔在外面。但她说话非常小心。

"小瞎子""小瞎子"，那些小伙伴们随便喊，她都装作不生气。

直到她真正看清世界之后，她才敢于生气，敢于表达自己的情绪。

她第一眼看见恩人冯德发的心情，只有她懂得。

冯德发当然不会记得这件事，也不会记得这个女孩。即便他没有失忆，他也记不住的。他赞助过的盲人小孩几百个，他不可能记住每一个人。那天他不是冲着她去的，是冲着电视台去的。

为了树立公司的公益形象，电视台就策划了这么一个场面：冯德发公司奉献爱心，小瞎子得见光明。电视台希望有冯德发的镜头，冯德发就专门来了一趟医院。如果他赞助的每个小孩在恢复光明的那一刻都需要他在场的话，他会每天奔波在医院之间。但是，他妈妈就是这么要求他的。

他接完电话，他妈妈摸着沙发走过来，问：给谁说话呢，说能挣好几亿？

他回答说：公司的人。

他妈妈说：我也看不见，我都不知道你长啥样，你要是能挣钱，就多帮帮那些像妈这样的人吧。他看着母亲，内心颇受触动，回到公司，就指令公司行政部门做个面向盲人的专项扶助方案。行政部门建议扶助那些盲人儿童。

专项扶助方案命名为"我看见了太阳"，扶助资金额度上不封顶，冯德发说：只要孩子能通过治疗恢复光明，就全额拨付医疗费。

他将方案说给妈妈听，他妈妈很高兴，就嘱咐他：那些孩子能看见太阳时，你一定要到场，多鼓励他们好好生活。冯德发哪有那么多时间去鼓励他们，就让公司行政部门以他的口吻写了一封致孩子们的信，每个被扶助的孩子都会发一封。

冯德发去医院看望小瞎子时，这封信居然忘了带给她。她留下的，只有邻居写的那个条子。电视台力求将专题片做得精致一些，就迟迟没有完工，一直到公司出事，也没有播出来。刘一涵曾试图找过，她恢复光明后，看见了电视台的摄像机，但是，这些音像资料都没有找到，但她深深地记住了那颗黑痣。

冯德发睡在女医生家的客卧。女医生将床上原有的被褥撤掉，换了一套新的，细心地告诉冯德发台灯的开关在脚底下，这是一款用脚踩开关的灯。酒劲上来，冯德发还没闭眼

◁ 我都看不见你的样子，你要是能挣到钱，就多帮帮像妈妈这样的人吧就睡着了，醒来时已经是早上七点。公孙先生还在睡觉，他一整天都没事，不是下棋就是打牌，与冯德发对着干的那家门户网站在二十五年前就转让了，随后的二十多年他开过酒厂、门厂，从虚拟转向实业，折腾了一大圈子，挣了不少钱，也花掉了不少钱。这几年没了心劲，就在家安心带孙子，现在孙子大了，住校了，他就靠下棋打牌打发时光。公孙先生的儿子已经上班去了，女医生也已洗漱完毕。

女医生过来叮嘱说：别喝水，等会儿检查时需要空腹。冯德发就没喝水，用女医生拿过来的新牙刷、新毛巾，简单洗漱了一下，就跟着女医生来到医院。今天不是女医生的班，她不需上班，她是专门陪着做检查的。副主任医师陪着做检查，就相当于警车开路，不需要办就诊卡，也不需要排队，他们都知道这样做违背了医院的管理制度，但做起来都很顺手。女医生趁着这个机会，不仅给他做了头部的核磁共振，还做了全身检查。

冯德发别的什么毛病都没有，就只有失忆这一个病。至于为什么失忆，各个科室都没有给出答案。女医生拿着那些片子专门请教了医院最老的老专家，老专家仔细看了片子，说：从检查上来看，一切都正常。然后又安慰冯德发：不是所有因素都能检查出来的。女医生问：其他医院还有必要去吗？老专家微笑着说：你觉得呢？

女医生也觉得不需要再去其他医院。陈州第一人民医院神经内科看不好的病，其他医院一般都没兴趣，最好的专家都在这个医院，其他医院，都有自知之明。

女医生带着冯德发去吃饭。一直做检查，大半个上午了，还没吃上饭呢。卖胡辣汤的，一般能卖到中午，女医生就带着他去喝胡辣汤。包子、油条、水煎包、糖糕，都还有，女医生把这些都点了，齐整地摆放在冯德发面前，笑吟吟地看着冯德发吃。

冯德发在这一瞬间感受到了强烈的幸福。吃完饭，女医生带着他去逛陈州最大的商场，说是要给他买衣服。他就身上这一身衣服，一直穿着。

他们走进商场的时候，他对女医生说，他要去洗手间。

女医生就在商场门口等他。他躲过女医生的视线后，就快速地走到路边去，走到公交车站边，刚好有一辆车过来，他立即上去，依然是哀求着对司机说：我没钱，我的东西被偷了，就让我坐几站吧。

公交公司都是公家的，没有哪个司机会为一元钱而为难顾客，连正眼都不看他一眼，任凭他往车里面走去。

他坐下后，又站起来，来到司机旁边，问：救助站在哪儿下？

司机想了一会儿，说：救助站在西面几十公里呢，没有公交车。

司机看了他一眼，接着说：既然你想去救助站，还坐这破车干吗呀。

冯德发不解，问：那坐什么车？

司机嘲笑着说：坐警车呀，他们有这个义务，见着派出所赖着不走，他们保准就能将你送到救助站。

冯德发一听，有道理。车刚过了两站，司机冲着他喊：这个车站下去就是派出所。他下车去。一个小时后，他就来到了陈州救助站。

送他的民警安慰救助站工作人员：不要嫌麻烦，他的信息我们已经登记了，等找到他的家，我们就通知你。那个民警说得自己都觉得心虚，一个连自己名字都不知道的人，凭什么能给他找到家。

那个工作人员倒是一直微笑着，待民警把话说完，他才张口：你不用急，这个人是有家的，刚才还有个女人来找他，从那个女人的描述来看，预计就是他，衣服特征一致，失忆这个特征也一致。

冯德发奇怪是谁。那个工作人员打了一个电话后，对民警说：麻烦你去接一下吧，两站路，这是她的电话，把她接回来，把他接走。工作人员指了指冯德发：咱们都轻松了。

民警出去发动车，不大一会儿，赵宜就跟着进屋来了。

赵宜一见到冯德发就说：你要是想跟着那条狗走，也说一声嘛，害得我找那条狗找了老半天。

冯德发不说话，默默地跟着赵宜离开。

9.

赵宜将钱佳佳的信抽出来，看了一眼，说：我对这个人从来都不感兴趣。

又反问冯德发：你感兴趣吗？

冯德发压根就想不起来钱佳佳是谁。

赵宜第一次见到钱佳佳，还以为见到了农村妇女，就把柳叶眉喊过来，责怪说：你怎么搞的，这种长相的人还能当老板的秘书？

柳叶眉一听，顿时觉得坏了，说：我本是将她当作绿叶的，没想到她却成了红花。

与钱佳佳一起来面试的还有一个姑娘。柳叶眉就喜欢那种长相，肤如凝脂，脸如鹅卵，她就把那个姑娘作为重点介绍给冯德发，由冯德发进行最终的复试。柳叶眉为了确保事情如愿，就让本来没有复试机会的钱佳佳也参加了冯德发的复试。

半个小时后，柳叶眉接到冯德发的批示，在钱佳佳的面试表上签署了同意，而那个俊俏的姑娘却被画了×。柳叶眉不解地问赵宜：冯德发怎么是这种口味？赵宜也解释不清。

她当然不知道。冯德发在看见钱佳佳时以为看见了邻居小晴。小晴每天都板着脸，见谁都不高兴，但是从来不冷落冯德发。

冯德发也只有在小晴面前能开玩笑，他就叫小晴为板脸女王。小晴也不生气，但她依然板着脸。小伙伴们会抢走他的糖果，他埋藏后，有时会拽着小晴一起去挖，挖出来，你一颗我一颗，坐在麦秸垛上美美地享受糖果的甜蜜。冯德发有次想玩过家家，就商量着让小晴当妈妈，拿块砖头当宝宝，他当爸爸，小晴不干，非要当爸爸，冯德发没有办法，就只好当妈妈。那时冯德发暗暗发誓，下次一定要让小晴当妈妈，他是男的，他才是真正的爸爸。可惜，过家家游戏没有玩几次，小晴就随着爸爸到外地上学了，小晴的奶奶去世时小晴回来过一次，那时的冯德发也已经半大小伙子了，小晴也出落成大姑娘的模样。

冯德发只是远远地看着她行走在出殡的队伍中，她没有抬头看他一眼，他感到一丝失落。再后来，就再也没有见面。钱佳佳走进来，板着脸，没有笑容，似乎也不是因为紧张，似乎就只是习惯地板着脸，冯德发恍惚了一下，仔细看了看钱佳佳的名字，不是小晴，好奇地说：你不是叫小晴吗？

钱佳佳觉得很疑惑，说：我不叫小晴啊，我就叫钱佳佳，我只有这一个名字。

冯德发定了定神，说：那我记错了。接着又问：你籍贯是哪里的啊？

钱佳佳很奇怪，这些信息在面试表上都有，为何还要再问，但也不方便反问，就老实地回答说自己的籍贯是陈州东面七十公里远的费县。

冯德发确认眼前的这个姑娘不是小晴，但她和小晴长得太像了，就不再询问别的，大笔一挥，签上同意二字。

关于另外那个姑娘，冯德发觉得俊俏是她的缺点，他这儿还缺俊俏的姑娘吗，在如今人人都可能做过整容的时代，俊俏根本就不是优点，甚至连一个特点都算不上。他没有心情在她身上浪费时间，就狠狠地在她的面试表上画了一个×。

赵宜也搞不懂其中的状况，就笑着说：老板想吃素了吧。

钱佳佳的五官还算端正，没有不合时宜的凸的，也没有不合时宜的凹的，都还算比较守规矩，谁没抢谁的地盘。不像有些人的牙齿非要抢占嘴唇的地盘，挡不住地要显露在嘴唇外，也有些人的嘴巴不甘心自己的地盘横平竖直，非得向面部的左上角或右上角倾斜。钱佳佳就是不会化妆、不会打扮而已。

钱佳佳刚来上班还没三天，冯德发就指令柳叶眉招聘一个化妆师。柳叶眉不解，冯德发解释说：这些人经常跟着我出去，代表的是公司的形象，不能土，也不能妖，需要装扮适中、上档次，招聘一个化妆师，专门培训她们、服务她们。

柳叶眉一度以为冯德发是对钱佳佳不满而临时起意。化妆师招聘到岗后，她才发现，冯德发不是对钱佳佳不满，而是希望钱佳佳能够在装扮上往上提高提高。冯德发甚至亲自和化妆师一起讨论钱佳佳的形象定位问题。化妆师首先建议钱佳佳要扔掉她那身粉色的连衣裙。粉色的衣服，一般人都穿不好，面容和身材美过粉色的人，穿其他色调的衣服，不仅更美，还能美得惊艳；面容和身材美不过粉色的人，穿上去就会显得不伦不类，比如钱佳佳。钱佳佳穿着粉色的连衣裙，再配上黑色的皮鞋，以及扎在脖间的花丝巾，实在扎眼。化妆师又建议她改发型。冯德发不想再继续讨论，就给化妆师一个清晰的指示：要让她看起来像个白富美。化妆师不敢说有难度，只能尽力做。

形式的东西都好弄，白这点要求很好实现，化妆师能将猪化成熊猫，不仅白，还一圈白一圈黑。能不能富，那就看冯德发的啦。

这些秘书被冯德发分为两种：一种是适合公司发展需要的，一种是有待培养的。如同买鞋，贵不贵倒不是考虑因素，关键是得合脚。她们的能力不是考虑的第一因素，关键是其能力得适合公司的发展需要。他其实还有另外一种分类方式：自己人，还没成为自己人的人。

柳叶眉被他在床上俘虏后，第二天工资就翻了一倍，公司上下公示的理由是看到了她的忠诚度。还没成为自己人的人，就慢慢培养，慢慢发展，慢慢来，不急。

钱佳佳倒是个例外，她还从未走进过冯德发的卧室，就被人事部门通知，说是重新核定了她的工资，重新核定后的工资比之前的高百分之五十。这是冯德发的指令。这种举动让柳叶眉觉得冯德发已经将钱佳佳当作了自己人。为什么这么快，个中奥秘她捉摸不透。

冯德发小时候非常羡慕村里的那个屠户，天天杀猪，天天有肉吃，他以为是这样，但屠户的儿子肯定地对他说：我们也就只能吃点猪肠子，那些肉，都是动不得的。他爸爸不让动，是因为那些都是人家的，他爸爸只是个屠户，替人杀猪，挣个杀猪钱，大方的人家会给他留些猪肠子、猪血。这个事情让他反省了很多年。工资虽然高，并非每个秘书都舍得去买价格昂贵的奢侈品。他将柳叶眉的工资提高后，柳叶眉并没有任何变化，包没换，首饰也没换，这让冯德发想起了那个屠夫。他让柳叶眉联系奢侈品店，每人一个包。不用挑选，都买限量版的。冯德发列出了几个名字，包括柳叶眉，也包括钱佳佳。那些没有被列进名单的秘书，都羡慕得眼里冒水。有人想放开，有人想辞职。

冯德发似乎对钱佳佳的配置还不满意。他想起了那个秋风扫落叶的下午，田地里已经种上了冬小麦，小麦芽似出未出的样子，根本就挡不住那一大片天地的白光。倒是有几棵树在碧蓝的空中画出几张国画。乌鸦飞过时，他和小晴已经停止了玩过家家。

小晴板着脸，拉着冯德发的手说，明天我要跟着爸爸去一个遥远的地方上学。

有多遥远？冯德发问。

小晴摇了摇头，说：不知道。

冯德发凝望了小晴背后的远方，远方什么也没有，连一棵树都没有，空空的，碧蓝的天空像是刚从水里洗过。他清晰地觉得，只要小晴一放手，他就再也抓不到。小晴手心的温度让他觉得，有她在，就是一个完整的世界。手之外的，都是远方，都在吹着乍寒的风。

我爸爸想把我那小自行车送给我堂弟，但我想送给你，小晴说。

冯德发不敢奢望这样的福分，他说：你爸爸会打死你的。

小晴想了想，说：我今天晚上偷出来，你找个地方藏好，反正明天我们就走了。

冯德发觉得这是个好主意。他其实就是想要那辆自行车。当晚，按计行事，冯德发把自行车掩藏在他家地头的麦秸垛里。

小晴的爸爸第二天在自家院子里找了几圈，一直没找到自行车，就抱歉地对小晴的堂弟说：找不着了，将来伯伯再给你买一辆，堂弟失望地大哭。

看着小晴和爸爸妈妈远去后，冯德发觉得那个自行车真正属于自己了，就兴冲冲地去麦秸垛将自行车扒出来。小晴的堂弟看见冯德发趾高气扬地骑着小晴的自行车，怒火中烧，就集合了一大帮小伙伴，要夺走自行车。

冯德发不肯放手。你是个小偷，小晴的堂弟说。我不是小偷，这是小晴送给我的，冯德发辩解。

她要是送你，她怎么不给我伯伯说？小晴的堂弟反问。

冯德发无话可说。

你就是小偷，小晴的堂弟重复着、高喊着。

小偷，最让人深恶痛绝。那帮小伙伴打起来毫不惜力，冯德发被揍得浑身青紫。但他不恨小晴，他依然感谢她，他相信她送给他自行车是真心的。这是个误会。现在，他可以正大光明地送一辆奔驰车给钱佳佳。钱佳佳已经有了限量版手包，也有了昂贵的衣服，也改变了发型，也使用了白的、红的、粉的等各种颜色的化妆品，在冯德发看来，还缺一辆上档次的车。冯德发把巴二强叫进办公室。巴二强出来后就带着钱佳佳去了郊外的奔驰4S店。不需要看配置，钱佳佳也看不懂配置，她只需要挑选自己喜欢的颜色就行，剩下的，无非就是付钱而已。

赵宜将信还给冯德发，说：这个女人无论穿什么，都很丑。

冯德发不知道她在说什么。化妆师和赵宜的感觉一样。她可以让她白，但不能让她美。靠化妆而产生的美，是低层次的美，不靠化妆而产生的美，才是高层次的美，而这种美，是学不到的，比如眼神。

乌暖暖的眼神始终如同珍珠般散发着迷人的光泽，而钱佳佳的眼神，就是干涸的河床，裸露、空旷，还带着干裂。钱佳佳在信中对冯德发充满了抱怨，说冯德发毁了她一生，她写这封信大概就是为了发泄情绪的。

冯德发不知道自己是否给她回了信。

冯德发对赵宜说：我毁了钱佳佳，我不想见她。

赵宜一听到这话，以为冯德发恢复了记忆呢，试探地问：你都是怎么毁的她啊？

冯德发说：不知道。他将手里的信扬了扬，说：她在信中说我毁了她，她说的大概是对的。赵宜不接话。钱佳佳应该在说冯德发毁了她的家庭。钱佳佳进入冯德发公司之前，是有家庭的。她大学毕业后，带着六十元钱和一腔热情就来到了陈州。第一份工作是杂志的发行人员。杂志社还有一个发行人员，是男的，和她年岁相当。两人是前后脚进去杂志社的，对杂志都不太懂，就一起参加编辑对他们的培训会，然后就一起吃午饭。她没有男朋友，就想着和他一起吃晚饭。他没有女朋友，但他有几个哥们儿，那些哥们儿经常叫他出去喝酒，他不能答应她这个要求。但她不死心，就跟在他屁股后面，说：他们请你喝酒，我也可以去啊。他不干，那几个哥们儿都是他老乡，他可不敢带着一个女的抛头露面，将来他还得回老家相亲娶媳妇呢，那男的继续拒绝她。你跟着我算什么呀。他说。

算你朋友啊。她回答说。

那人家会多想。他红着脸。

随便啊，我可以当你女朋友啊。她说。

他听了，吓了一大跳，没想到这个经常板着脸的女孩还真大胆，连忙摆手，说：我是南方人，你是北方人，咱不合适。

她不服，说：咱俩特别合适，不信，咱处处呗。没办法，他带着她去参加哥们儿的聚会。哥们儿先是平静地看着他俩，都不敢轻易开口，怕说错了话，后来就不停地起哄，不停地灌他酒，他手无缚鸡之力地喝多了。

哥们儿一哄而散，把醉醺醺的他留给了她。还好，他还记得自己住在哪儿。她把他送回去，陪伴了一夜。第二天，他就开始主动给她做晚饭了。她也不客气，草草收拾东西，搬到他这边住。他那张床，不够宽，但床腿足够敦实。再过两个月，就是中秋节。钱佳佳趁着中秋假期，就带着他回到她的村庄。她要告诉她父亲：她要嫁人了。

她爸爸一看见她领个男人，就不高兴。要是她哥哥能领个女的回来，甭管长相，只要是个女的，她爸爸就能高兴得满村宣传。她爸爸看见这个男人手里拿的东西后，更不高兴。如果在之前，他年轻那会儿，这种贸然去女方家的，挨一顿打，把礼品扔出去，是标配。那时，也有丈母娘老丈人一眼就喜欢上贸然上门的女婿的，但是碍于脸面，也会指挥着儿子们侄子们将女婿打一顿，然后在管事的说合下，重新换上脸色，以表达对女婿的欢喜。那个时候，没有哪个女婿不是带着满满的东西来的，丈母娘往外扔时，需要扔好大一会儿。但是，她领回来的这个男人，手里就拎着一个黑色的袋子，那袋子小得几乎装不下任何东西，约等于空着手来的。东西太少了，不值得扔，他就任凭他把黑色的袋子放在了桌子上。她爸爸气呼呼地扛着铁锹下地干活去。她当然懂得她爸爸的情绪。她爸爸就是贪东西。之前，每逢赶集时，邻居只要让她爸爸捎带着买几斤鸡蛋，她爸爸就会偷偷地扣下一个。他也只愿意给邻居捎买鸡蛋，别的东西，他一概不捎，那些碗啊盆啊的，没办法漏一点。

后来，有邻居发现了这一点，就不再让他捎了，逐渐地，没有人再让他捎了，她爸爸对第一家不让他捎的那个邻居怨恨了好大一阵子。因为这件事，邻居对她家颇有意见，经常指指点点。她很恼怒，就认真读书，发誓要脱离这个村庄。她妈妈见她爸爸出去，自己一时捏不准该用何种情绪来对待女儿带回来的男人，也跟着她爸爸要出门。她拦住妈妈，说了一句话，她妈妈脸色大惊，只好钻进厨房里做饭。待快吃午饭的时候，她爸爸才气呼呼地回来。她妈妈已经知道该怎么对待女婿了，就炒了四样菜，也拿出了放了好久的酒。她爸爸一看这阵势，就在厨房里骂这死老婆子简直是疯了。她妈妈示意他声音小一点，然后凑在她爸爸耳边，说：闺女说她怀孕了，你还以为主动权在你那儿呵。她爸爸一听，简直要暴跳如雷，然后又冷静下来，就强作笑颜进堂屋陪女婿吃饭，席间问了不少女婿的情况以及未来的打算，两人商定了婚期，又兴致高涨地多喝了几杯酒，这顿饭吃得和谐又务实。

这就是钱佳佳和她们的区别，她有孩子。

在她儿子六岁的时候，她进入了冯德发公司工作。她儿子过六岁生日那天，她早早下班，在幼儿园门口等。

儿子一见她，就风一样跑过来，问：妈妈，今天是不是我的生日？

她回答说：是的。

他又问：爸爸呢。

她回答说：你爸爸出差了。说完，就拉着儿子指着在阳光下闪闪发光的奔驰车，问：喜欢吗？

儿子说：喜欢。

这是妈妈的车，宝宝以后想去哪儿，妈妈都可以带着宝宝去。小家伙立即手舞足蹈起来。她还不会开车，司机是冯德发专门给她配的。

小家伙一上车，就警惕地问妈妈：爸爸不是会开车吗，为什么不让爸爸开车?

她一边掏出零食一边说:不是给你说了吗,爸爸出差了。

他爸爸这一趟出差不同以往。之前,他爸爸都是从家里走,走之前还会到幼儿园去看他,去亲他,今天,他是从一家高档的咖啡厅走的。

她约他来。她先到的,看见他来了,头也不抬,冲服务员说:再加杯柠檬水。

他对柠檬水不感兴趣,眼睛一直盯着她,说:现在不合适。

她依然是当年的那个做派,不容置疑地说:现在就合适。

说完,从那昂贵的手包里掏出两张纸,说:签字吧,咱俩之前都是穷光蛋,没房没车没存款,也没有结婚证,签吧。

他想了想,泪流满面,他一定是想起了自己的儿子,但是他别无选择,只好在纸上签字,然后带走一份。他无需回去拿行李,连最珍贵的儿子都留给了她,他完全可以空荡荡地上路。出差也好,能清静几天。

她说:我这几天搬家,那个房子你要是不住的话,就退给房东。他一言不发,默默地流泪。

冯德发和小晴过家家时，有时会在房子上起争议。

冯德发觉得麦秸垛就是房子，高高的、圆圆的，或者长方形，多像房子呵，但小晴却更讲究，要求必须亲自搭建房子。

长大后，冯德发才明白，自己亲手建造房子，才是真正的家。小晴让他去树林里捡砖头，砖头可不好捡，在那个大家都还住着土房子的年代，砖头还是稀罕物，没办法，冯德发只好爬进别人家的茅房里去偷。富人家茅房里放的是报纸，用报纸擦屁股。穷点的家庭，茅房里会放半截砖头，用来擦屁股。冯德发偷回来两块，他怕小晴闻出来屎尿味，先在池塘里洗了才敢拿到小晴面前。两块砖头立起来，上面还需要屋顶，小晴让冯德发去抱来麦秸，小晴是建筑师，她将麦秸放到两个砖头上面当屋顶。

这次是用一根玉米棒芯当宝宝，但房屋实在是太小了，玉米棒芯比砖头长，两头都露着，小晴有点生气，说：不玩了不玩了。

冯德发想玩。他哄小晴：将来我给你盖大房子。

这句话如同闪电一般，让小晴兴奋异常，板着的脸终于有了一丝活泛，也让他铭记到现在。在给钱佳佳买了车之后，他就想，如果钱佳佳识时务，快一点成为他的人，他就快一点送给她一套别墅。这个速度掌握在钱佳佳手里。

钱佳佳当然是识相的人。钱佳佳把冯德发当作贵人。

公司里几位总监级人物在闲聊，谁无意中说了一句：冯德发不喜欢结婚的人。

钱佳佳听了，立即对照了自己，她觉得还是离婚好，离了婚，她才算是单身，恐怕只有这样才有与冯德发更进一步发展关系的机会。

冯德发对钱佳佳还是按照对小晴的步骤走的。不像别的秘书，先当面试穿内裤，根据反应再下菜，他对于钱佳佳，是先送车再当面试穿内裤。

钱佳佳哪能让他亲自动手，她帮他脱去旧的，然后，然后就过了大半个小时才给他穿上新的。他和她身上都是汗涔涔的。他说：你现在住哪儿？

她说：我现在还是租房子住。

他说：我的人哪能租房子住呢，这几天让人给你看套别墅。她高兴得又让他试穿了一次内裤。

冯德发记得小晴的梦想是当歌星。那时，他们俩还不知道歌星这个词。

小晴说：我将来就当那个方箱子里的唱歌人。关于那个方箱子，小晴给他描绘了很多次，他就是听不懂，她给他拿砖头比喻，他实在想不出砖头怎么会唱歌，小晴也不知道那叫什么名字，后来，她爸爸回来后，她一直追着爸爸问，第二天告诉冯德发，那个方箱子就是收音机。后来的方箱子也有录音机，再后来也有电视机、电脑，再后来就没有方箱子了，电子产品都高度浓缩成一个小小的物件，但功能却比方箱子强大得多。后来，他知道，在方箱子里唱歌的人是歌星，或者低调地称之为歌手。冯德发怎么也想不起来小晴到底会不会唱歌。但他觉得，在那么小小的年纪，她竟有如此梦想，就足以值得他尊敬。

他就问钱佳佳：你唱歌怎样？公司准备为新金融业务弄个主题歌呢。

钱佳佳一听就来劲儿，说：还可以吧，我可以试试。

钱佳佳这么说，有着私心的，自从被冯德发赠送了车之后，她明显地感受到了来自四面八方的敌意。她们或明或暗，她们或笑或讷，都是腰里别着暗器的冷面杀手。如果自己能演唱公司新金融业务的主题曲，那就等于在公司里牢牢贴上了自己的印记。到那时，谁敢争锋？

乌暖暖担心冯德发对钱佳佳的偏爱，对冯德发说：唱歌是很专业的，最好找专业歌手，歌手名气也有利于新金融业务品牌美誉度的提升。

赵宜也帮钱佳佳盘算了这件事，她也和钱佳佳盘算的一样，就对老鼠眼说：你给冯德发好好说说，主题曲的演唱人选要慎重。

老鼠眼在和冯德发说时用了一个极其专业的名词：品牌联想。道理很简单，你看见一个肮脏的厨师，就会默认为他做出来的菜都不干净，老鼠眼语重心长地说，如果我们不能用专业歌手，别人就会在潜意识里认为我们的新金融业务不专业，这种品牌联想带来的风险，太大了。冯德发把这件事拿到公司董事会上讨论，一大半的人都不置可否，只有于存之附和了老鼠眼的意见。

冯德发说：既然没有形成共识，我就发表我的意见，我的意见是让钱佳佳来唱这首歌。他停顿了一下，接着说：我们内部的人唱，才能表现我们业务的核心精神，才能向外界传递我们是真心爱这份事业的。

冯德发的讲话，让他们觉得很有道理，就情不自禁地鼓起掌来。冯德发话锋一转，对老鼠眼说：钱佳佳不是专业歌手，是原生态歌手，没有经过专业训练嘛，我们可以让她表现得专业，我们找最好的声乐老师来给她贴身指导，来让她成为原生态与专业的复合体。掌声又响了一次。老鼠眼赶紧把这件事情记上。

这件事眼看着要成功，钱佳佳就更加认真对待，除了处理一些紧急事务，每天都会跑到声乐老师那里进行专业训练。一个月下来，唱得有模有样。歌词是乌暖暖写的。这件事和赵宜没有任何关系，赵宜虽然很不爽，但也只好随着大家给钱佳佳鼓掌叫好。录制已经完成，马上就要投入电视台、广播电台、视频媒体上进行播放。

当天晚上，钱佳佳回了一趟别墅，冯德发给她买的别墅她正在装修，她把这几个月在冯德发公司挣的钱全部用在装修上了，反正钱还能再挣。从别墅回来后，她主动到冯德发下榻的酒店加班。

冯德发也很兴奋，他站在落地玻璃窗前，朝着西南方凝望，心里默念，你在我眼中已经是歌星了。小晴应该听不到。早在他刚刚创办机械加工厂那会儿，他就已经打听到小晴消失在一次飞机失事中，没见活人，也没见尸体，像流星一样消失在苍穹中。但是，他对她的记忆，却随着她生命的消失而愈加深刻。

冯德发吃完一根香蕉后，就用眼神召唤钱佳佳进屋睡觉。

生活大部分是这样，人算不如天算，人都是往好处想，而老天却给你意想不到的结果。钱佳佳的儿子要到外地去参加歌唱比赛，需要三天。三天后她回来的时候，发现公司有点不对头，高层都不在，既没有开会，也没有公出，都似乎潜伏在哪个地方在躲藏着什么。基层员工都紧张兮兮的。

她给冯德发打电话，没接。

她给赵宜打电话，赵宜反问她：你不是一直和冯德发走得比较近吗？你应该知道咋回事啊，我们什么都不知道。

她听得一头雾水，继续给冯德发打，还是打不通。

她到他下榻的酒店，被告知他已经退房了。她慌乱地等到九点，再打，还是没人接。就在她还在揣摩到底发生了什么事情的时候，有人拿着手铐来敲门。她没敢惊醒儿子就跟着警察走了。警察已经通知了她儿子的爸爸，由他来监护。她一直很心疼，心疼她的钱，别墅还在装修，已经差不多了，她的钱全部砸了进去。她想了想在冯德发公司的经历，除了得到了冯德发的精液，其他什么都没得到。车子、别墅，都是镜中花。她失去的东西，却都非常昂贵，除了老公、家庭、儿子，还有个人的自由。每每对比着想，她都想疯掉。她觉得憋屈，她要问冯德发，为什么毁掉她。

冯德发倒不会过于自责，他压根就不知道自己同钱佳佳发生了什么，问赵宜，赵宜说：什么都发生了，什么都没发生。

她将脚边的一颗石头踢进了垃圾堆里，反问冯德发：三十年前那个春天，风把这棵树拦腰吹断了，三十年后，那残留的躯干中却长出了另外一个树种，两个树种相映成趣，相得益彰，成为城市一景，你觉得是风毁掉了树，还是成就了树？

冯德发对她突然说出如此深奥的话，非常不适应，说：

谁遇见谁，都是偶然，哪有谁毁掉谁这么一说。

说完，他觉得自己的话也很深奥，又像是为自己开脱，马上改口说：是我毁掉了你们，你们都没错。

赵宜也不想见钱佳佳。钱佳佳其实比她们退路多。她有儿子，就有了未来。这是最大的不同。

钱佳佳寄给冯德发的信封上，留的地址带有××村字样，应该是她的老家。赵宜就逗冯德发：要不你去找她吧，当年，你对她好，胜过我们这些人，农村的日子很美，阳光不要钱，水也不要钱，土地能生出黄金白银，她要是没有复婚的话，你和她白首偕老。

冯德发可不敢让她这样继续说，就连忙摆手制止，说：我害怕被人埋怨。钱佳佳在信中的怨恨，应该是终生不会消除了。这个事情对她家庭的影响是持续的，因为她的儿子在成长，对儿子的影响，就是对她内心持续的伤害。

赵宜没有这种后遗症。赵宜带冯德发去陈州植物园逛逛，当是散心，也有她私人目的。植物园里说不定会有香蕉树，冯德发爱吃香蕉，说不定对他恢复记忆有帮助。逛了大半天，很失望，不仅没有香蕉树，南方的植物几乎都没有，国外的倒是有不少，非洲的、欧洲的、大洋洲的，看得冯德发非常高兴。

冯德发在南方第一次看见香蕉树时，高兴地钻进去，大大方方地撒了一泡尿才出来，结果被老农发现，老农要五百元钱的赔偿费，冯德发却给了他两千。他觉得他的尿值钱。

现在，他在植物园文明多了，也只是笑，连让赵宜用手机拍照都没有想起来，赵宜一直在给他拍照，自己也想上去合影，想想却放弃了，不比当年，一个腰缠万贯，一个青春靓丽，现在一个色衰，一个沧桑，拍出来都是笑话。赵宜很失落。

10.

　　冯德发蹲坐在一块大石头上，石头上刻着两个字：归来。

　　十米外目光能及的地方，一个人牵着一只十五厘米高的黄毛狗在散步，突然，黄毛狗嚣张地叫了起来，在它左侧不远处，出现了一只小狗娃，灰不溜秋的，一看就是流浪狗，黄毛狗就是冲着它叫的。流浪小狗娃头也不抬地往前嗅，它围着垃圾桶转了一圈又一圈，一直在找寻着什么，黄毛狗依然不依不饶，一直在嚣张地吠着，牵着它的那个男子悠然地看着这个场景，似乎是听腻了，就拿起一个小石头朝那只流浪小狗娃砸去。黄毛狗高兴地亲吻主人的脚面，气氛相当和谐。

但是，他们还没从幸福的感觉中清醒过来，黄毛狗已经被扑倒在地，一只硕大的狗毫不费力就将黄毛狗打得满地找牙。那名男子竟然不敢上前，只是在不停地寻找棍子，终于找到了，那只大狗也识时务地跑开了，流浪小狗娃欢快地在后面跟着，它们卧在那边缓坡的草坪上，大狗任凭那只流浪小狗娃一边吸着奶头一边毫无警惕地看着行人。

冯德发说：我想回家。赵宜听了，感到很奇怪，问：你家在哪里？

冯德发说：巴二强知道，他领着我找到我妈妈的邻居了，他们有房子住，我也应该有房子住。赵宜觉得有道理，就给巴二强打电话。

巴二强非要来陈州找他们，似乎有重要的信息需要当面说。

赵宜以为是巴二强发现了冯德发埋藏黄金的秘密，就小心翼翼地等着巴二强的到来。

冯德发什么也不想，他觉得多来一个人和少来一个人没什么区别。

巴二强看见他们，欲言又止，不知道该怎么张口，赵宜以为他要自己回避，就主动挑明话题，说：不管你说什么，我都不会回避。

巴二强连忙辩解说：不是这个意思，我一直在想，要不

◁ 他蹲坐在一个石头上，石头上刻着两个字：归来要给冯德发说这件事。

冯德发也觉得巴二强应该直爽些。

巴二强就无需再斟酌，对着冯德发一字一顿地说：你有个儿子。

这句话像是闪电一样，一下子照亮了黑暗得令人窒息的夜空。

冯德发仿佛掉进了冰窟窿一样激动得浑身哆嗦，不停地问：在哪儿呢？

巴二强叹了一口气，说：就是地方有点远，你、我、我们，曾经非常熟悉的地方，M 地区。他们说你儿子去 M 地区找他爹了。

冯德发问：M 地区在哪儿呢？

巴二强往西南方向指了指，说：很远，翻过那片云彩就到了。

赵宜不说话，她在盘算着巴二强说这句话的真实性。

她怀疑巴二强另有目的。

原来赵宜和冯德发走后，巴二强就返回到了古丽琴所在的村庄。那个村庄叫总兵营。巴二强遇见了白天遇见的那个老妇人，就尾随在她身后，认清她是哪门哪户之后，就退了回来。在村口的小卖部，他买了方便面、火腿肠、八宝粥，每样东西都是一个不小的箱子，提着，很壮手，他提着这些东西到那老妇人家去。

老妇人就一个人在家，看见他进来，问了半天才想起来是白天见过的。老妇人不要他的东西，说：我又不知道她现在在哪儿，你把这些东西给我，不净是让我白吃吗？巴二强自然不肯走，就与老妇人扯别的，比如问老妇人高寿，问她的身体健康状况。这招很管用，老人就不由得有点埋怨她那唯一的儿子。

他两年没回来了，老妇人说，心里没有我这个娘了。

说完，又心疼儿子：他也不容易，三个小孩都在他身边，上学、吃饭，哪样不得钱，他那个媳妇不中，不挣钱还脾气坏。

她说完，又觉得对着这么一个陌生人说这话，不合适，就止住了。

但是，她已经让巴二强踏踏实实地坐在了堂屋的板凳上，并不急着赶巴二强走了。老妇人好奇地问：你找她干啥哩？

巴二强说：白天您见到的那个男的，是她之前的男人，他们生过一个孩子，孩子现在得了绝症，这个孩子从小就没见过他妈妈，他现在就想见见，他就是这么一个心愿，我们想，让他见见，他也能走得没有遗憾了。

老妇人一听，感动得流泪，也许是风沙眼，她说：苦命的孩子，我再帮你问问吧。她掏出手机，让巴二强帮她找一个叫二妞的人的电话。她拨过去，上来就劈头盖脸地问：那个古丽琴是不是死在外国了？

电话那头说：大家都是这么传，这可是好几十年前的事情了。

老妇人说：今儿这边来个人找她，说她还有个儿子，儿子现在快死了，想见见她，你说，她都死几十年了，咋能见她？

电话那头说：你让我想想，古丽琴是有个孩子呢，她那次回来给她父亲上坟烧纸，就是带着孩子回来的，她当时说她婆家在艮河那边。

老妇人回头问巴二强：你是不是艮河那边的？

巴二强摇头，老妇人对着电话说：奇怪了，这个来找她的人也不是艮河的，她到底嫁几家子啊。

那边的人不耐烦地说：都是几十年的事情了，谁知道，她又不在家，那么疯，谁知道她在外面都是干了啥事呢，嫂子你也别闲操心，我这边还在忙，就不聊了啊。

老妇人挂断电话，扭头对巴二强说：这是我婆家妹妹，和古丽琴年龄一般大。巴二强已经很知足，他得到了一个重要的线索，那就是古丽琴曾嫁到艮河。

艮河是个镇名，与澶河相距七八十公里。

巴二强在澶河镇上停脚休息了一晚上，第二天一大早就到艮河去了。一进入艮河乡镇的街道，就可以看见一个高两丈的八卦图。左边是先八卦，右边是后八卦。

巴二强哪懂这些，就在图下面听坐在路边摆摊算卦的人不停地给别人解释艮河这名字的来源和意义。巴二强记不住那么多，只记住这么一句话，艮在后八卦里面有成功的意思。算卦的老先生不停地向别人重复说：成于艮，记住这三个字就行了，成是成功的意思。这让巴二强感到非常愉悦。这是非常好的兆头，或许在艮河，他就能找到那个孩子，或许就能揭开谜底，或许，他才是那个孩子的亲爹。巴二强花十块钱让坐在八卦图最中间下方的那位老先生给他算算，求个方向，也好知道往哪个方向走。老先生说：你是来找一个女的？巴二强点头。老先生接着说：已经多年没联系了，不知道她住哪儿？

巴二强一听，心想，这不是废话吗，要是知道她住哪儿，我还花费这十元冤枉钱干吗？巴二强求算心切，就不由自主地多说了一句：她娘家是澶河那边的。

老先生一听，眼睛嗖地放出光亮，但还是让巴二强抽了根签，然后念念有词，说：往东走五公里，山河村就是。

巴二强见他如此肯定，半信半疑，老先生说：找到之后，请再付赏钱。巴二强找了一辆出租车，直奔山河村而去。老先生得益于记忆力好，多年前他就听说山河村娶个潩河那边来的媳妇，后来又听说这个媳妇死在国外了。算卦，有时得靠内幕。

山河村村名很大气。据说这个村名和明清之间的战争有关。明朝衰败，清朝兴起，清军将明军打得满地找牙。明军中有一支小分队，奉命来到艮河这边进行阻击，结果死伤大半，剩下的人无心恋战，就弃兵戈为农民了，他们就在山河村住下来。虽然不愿再使战争荼毒人民，但这些明朝的遗民依然想念着旧山河，就决定给村庄命名为山河村。加上士兵们都是来自不同的地方，姓着不同的姓，四野之内，以山为高，苍穹之下，以河海为大，一个村名将全部的人都包容了，希望大家融洽相处。这个村庄就这样延续下来了。

在几百年的发展中，有的姓变得壮大，比如王姓，有的姓氏走向了灭绝，比如古丽琴嫁的这家。山河村七十岁的老支书对巴二强说，她来没多长时间，四五个月吧，就生下了一个小男孩，孩子才一岁多，她就跑出去了，再也没有回来。都说她死国外了，具体死哪儿，怎么死的，谁看见过没，都没有明确的说法。巴二强问：那个孩子呢？老支书说：那个孩子是个苦命人，妈妈不回来，老爹也不要他了，因为不是他的种，他就把孩子送给了福利院，自己跑出去打工了，他爹再也没有回来过，那个孩子前些年出去打工，现在也不知道去哪儿了。

巴二强默默地点上一支烟。

老支书领着巴二强来到一座残破的宅子前，说：这就是小尾巴的老宅子，小尾巴是古丽琴的男人的小名，他家六代单传了，一直像是个尾巴一样在延续着，村里面都叫他小尾巴。小尾巴现在也该五六十了，不知道是死是活，六代单传，也没啥亲戚。大家也觉得很奇怪，他家每代就一个孩，还都是男孩，那些媳妇再也生不出来，倒数第三代吧，换了媳妇生，还是生不出来，中邪了，祖坟重修了好多次，还是管不住。到小尾巴这一代，一般人家的闺女都不敢嫁到他们家了，小尾巴三十好几了才从外面领一个，领的这个就是你找的那个小媳妇。可惜了，她要是不走，兴许这家还能过下去，现在，他家这个姓在这个村算是绝迹了。老支书不停地絮叨着说，也不停地感叹。巴二强算听明白了前前后后。

艮河没有福利院，小尾巴把孩子丢在了艮河往西三十公里的屯镇福利院。福利院的门卫清早起床时都是习惯地围绕着福利院转一圈，他们往福利院送孩子，放在哪儿的都有，胆子大的就直接放在门口，胆子小就放在院墙的一角。

小尾巴是胆子大的，就把他儿子放在了门口。儿子快两岁了，人家的孩子一岁左右就会走，他儿子到现在还只是会爬。他看到古丽琴留给她儿子的信后，又看了看迟迟不会走的儿子，就一狠心将儿子连同古丽琴的信一起放在了福利院门口。趁着夜色来，趁着夜色走。小家伙在福利院门口安静地睡了一觉，既没遇见野狗，也没遇见行人，直到福利院门卫将他抱起来，他才睁开眼。他隐隐约约知道这个老头不是他熟悉的爸爸，但也不知道该怎么哭，就傻呵呵地看着抱他的人。

门卫大声朝院里面喊：又一个，大家都来看看这孩子。福利院院长跑过来，一边接过孩子一边说：又是一个苦命的人。拆开包裹，一看是个男孩，胳膊、腿、手指头，都全，看着也不小了，孩子马上就能懂事了，怎么扔了呢，院长就问门卫：没看到人？

门卫摇头，说：这种人压根儿就不想让咱看见。

将包裹孩子的棉被子仔细检查了一下，发现里面裹着一个信封，信封里有张纸，纸上写着这么一句话：孩子，妈妈要去 M 地区了，要给你挣钱去，你在家要乖。没有落款，没有日期。

在这张纸的背面，还有一句话：孩子，爸爸找你妈妈去了。下面还有一串数字，想必应该是小家伙的出生日期。

院长一算，小家伙快两岁了。她对人间的悲欢离合见得多了，只能感叹这对父母狠心：父母一撒手，孩子遭罪了。

说完，就抱孩子进福利院，张罗人给沏奶粉。小家伙一直没有哭闹，让院长心里有一丝不安。

小家伙喝饱了才开始呵呵一笑，笑声一点也不响亮。几十年之后，院长依然还能记住这个细节。院长对巴二强说：他的语言能力很弱，不好说话，木讷得很。

他在福利院一直长到十六岁。经常跟着一个叫陈果果的小女生玩，那些男生都敢欺负他，就连那些腿脚不便的、坐着轮椅的都敢欺负他，他从来都不会还手，谁要是推他一下，他只会眼睛瞥人，然后说：就你能。

谁要是捉弄他，他也是说：就你能。就你能，这三个字是他的标志性用语。

他自己不能，只能说人家能。院长说完，咯咯地笑了起来。她还记得，在给小家伙喝完奶后，福利院的驻院医生小罗就开始给小家伙测试动作能力。

罗医生摆弄了一番之后，对院长说：从数值上来看没什么问题，至于现在为什么还不会走，我也解释不了。

院长说：既然不会走，那就叫奔奔吧，希望小家伙早日跑起来。奔奔的父母没有给他留名字，他只好叫奔奔。奔奔差不多两岁半才会走，但是个子长得很快，明显比他同龄小伙伴高出很多。奔奔最显著的特点就是力气大。

他十岁之后，福利院里的所有重活都是他干。他从来都不觉得累，累得满头大汗依然干劲儿十足，干活似乎能给他带来极大的快乐。奔奔的智力稍稍低于同龄人，但还没到傻的地步。福利院的孩子都集中到旁边那个村庄的小学去上学，奔奔在每个年级都必须上两遍，别的小孩十三岁都已经小学毕业了，他十二岁时还在四年级，到上六年级时，他已经十六岁，在班上，不知道的还以为他是老师呢，他比全校所有的老师都高，那时的他，估计有一米八多吧。

福利院的孩子小时候都会好奇自己的父母是谁，问着问着，就不会再问了，会默认自己没有父母这个现实。奔奔从来都不问，可能是因为他看到别的小伙伴问了之后的伤心样子。屯镇福利院有个奇特的规定，就是孩子长到十六岁，要正式地将父母留下的信物交给孩子。当然，如果父母什么都没有留，就没有这道手续。但奔奔有。院长就在一个阳光明媚的上午，当着全院工作人员的面，郑重地将当年包裹的棉被子、一个信封交给他。他看到信封，脸色木然，但内心似乎在翻江倒海。第二天，院长就发现奔奔不见了。问谁谁都不知道奔奔去了哪儿。院长派人去车站打听，车站说奔奔坐车去了县城。再到县城的车站打听，费了好大劲儿，才打听出一个疑似线索，说好像去了边疆地区。

院长搓着手，对巴二强感叹着说：福利院就那么几个人，也没啥钱，没办法找，也就没去找，这个孩子脑子缺点啥，也不知道给我们写封信，到现在也不知道他去哪儿了，我猜测啊，他可能去了 M 地区，他找他妈妈去了，认死理，这孩子。

巴二强坐在石头的另一侧，腿耷拉下来，刚好盖住"归来"两字中的"来"字。蹲卧在缓坡草坪上的那对狗母子又晃晃悠悠地走过来，继续围绕着那个垃圾桶转圈。小狗娃脏得像是刚从淤泥里爬出来，狗妈妈也是一身狼狈样，左眼睛似乎受了伤，肿了一个鸡蛋大的包，看人或者看东西时，用力歪着头。

巴二强赶过来时给赵宜和冯德发带了些吃的，有烧饼有麻花，冯德发觉得这对狗母子可怜，就走上前去，扔了一小块烧饼给那个狗妈妈。

狗妈妈闻了闻，扭着头用右眼睛看了看冯德发，像是鞠躬似的朝他点了点头，然后又卧下，看着小狗娃在兴奋地嚼着烧饼。冯德发干脆将那个烧饼全部扔给了它们。

巴二强看着这一切，想阻拦却没有阻拦。

赵宜不相信他说的话，就反问他：你怎么知道是冯德发的孩子？

巴二强解释说：按照日期算的，应该是冯德发的孩子，古丽琴走时，冯德发应该不知道古丽琴已经怀孕了。

然后，他又放肆地开赵宜的玩笑，说：在你们之前，冯德发是有媳妇的。

他用了"你们"一词，让赵宜觉得自己只是那个花丛中的一员，她们不介意，她也不介意。

巴二强说：我带着冯德发去 M 地区找他儿子，你去吗？

赵宜反问：我去有什么意义呢？

巴二强说：你去了就可以组建一个家庭了，有男有女，有丈夫有妻子，再找到儿子，就是美满的三口之家了。赵宜不需要这样的家庭，她有自己的活法，但她还是决定去 M 地区，她需要一个结果：要么是冯德发恢复记忆了，要么确定冯德发这辈子都恢复不了记忆了。有了这个结果，她才死心。

赵宜回她男人家一趟。她没有给她的男人打电话，反而给另外一个人打电话，说她晚上六点左右到。

北方的深秋，六点也就天黑了。那个人就只好帮她安排好酒店。到酒店，才发现没有人等。

她就不紧不慢地继续给那人打电话，说：我不会缠着你，只是想见见你。半个小时后，土豪孙走进了房间，一进门就将外套脱下来，似乎已经下了很大的决心准备大干一场，对着赵宜说：我今晚不回去了，老子也放松放松。赵宜不想他这样，她还想回那个男人家一趟呢，明天就走了，不辞而别似乎有点亏欠。土豪孙不放她走，爽了又爽，都放松得很，她已经老了，她一直用嘴忙活着，都很疲惫的时候，土豪孙才问她找他何事，她说：借点钱，我要去 M 地区找我儿子。

土豪孙一听就睁大了眼睛，惊奇地问：你还有儿子？她点点头。

土豪孙就在手机上给她转了几万。她待土豪孙睡熟后，就回家了一趟。

巴二强费了很大劲才帮冯德发弄了一个假身份证。

巴二强让冯德发将帆布包扔掉，他觉得这个帆布包太老土了。冯德发舍不得扔。里面其实什么都没有了，谁的信谁都拿走了，钱佳佳的没拿走，却被赵宜作为手纸用掉了。还剩下夏静纯的。

夏静纯的信写得很简单，就是一首诗，全文是：

从此到彼金，

欲望比海深，

回头沧桑路，

恨己君王心。

冯德发一个人的时候，曾多次看夏静纯的信，就是看不懂。难道自己之前有君王心？还是她有？

他想去找找夏静纯，巴二强却说：夏静纯的地址早已不用了。

巴二强仔细看看邮戳上的日期，对冯德发说：她给你写信是最早的，比钱佳佳的还早，我的最晚。

冯德发问：她这几句诗是什么意思？

巴二强不回答。他对赵宜说：我陪你们去找儿子，你得发给我工钱，我是安防人员。

冯德发还是想去找夏静纯。

巴二强曾经找过夏静纯，轻车熟路地带着他在陈州里穿过一个巷子、两个巷子，再转过一个百货商场，就来到了夏静纯信封上的地址。这个地儿是一座写字楼。进入电梯，上八楼，找到 802 室，有个瞪着单纯眼睛的小姑娘接待了他们。她温和地说：我不知道你说的这个人。

巴二强转身对冯德发说：我给你说过了，她的地址早就不用了。

巴二强曾经找过夏静纯。那个初中女同学让他失落之后，他就通过以前的同事打听到夏静纯的地址。夏静纯看见是他，就放松了许多。她在他面前不需要隐瞒。那个晚上，她什么都没有隐瞒，现在也不需要隐瞒什么。

那个晚上，她带着下身的刺痛来到院外的房间，院外的房间里睡的是安保人员，巴二强是带队队长。她问巴二强：你来这边比较早，这边都是这样的吗？

他只能说实话，说：是的，这边的都是这样。

那个晚上，他以为她问的是她和冯德发的身份问题。他们进入 M 地区之前，是老板和女下属的关系。进入 M 地区之后，却变成了夫妻关系。

他解释说：因为冯德发在这边是副司令，没有家眷也说不过去。

她冷冷地说：我说的不是这些。

这些，她能接受。当她进入冯德发公司后没几天就躺在冯德发床上的时候，她就接受了这种关系，但是她想说的是她未曾遇到的场景。

她见他不懂，就没再说什么。

巴二强不懂的，冯德发都懂。

但他现在又什么都不知道了。

巴二强扭过头对冯德发说：你在 M 地区是有老婆的，你老婆就是夏静纯。但是，我觉得还是赵宜当你的老婆靠谱。

说完，他的电话响了，他接起来后，瞠目结舌。

他激动却又冷冷地对冯德发说：你儿子回来了，在屯镇福利院。